U0050492

學 英文文法不用背！

biger

再加一個g
才算更大！

你認識英文文法嗎？文法對你來說，是個無聊又不得不學的東西嗎？如果你真是這麼想，邀請你翻開這本書，也許你從此會對「英文文法」完全改觀唷。

很多人一碰到文法規則，就會有以下的反應：

首先，在心裡小小地嘔吐一下，表示厭惡。

接著，看著它唸一遍，不懂，再唸第二遍、第三遍。

再來，發現光是唸記不起來，只好開始逼自己背，努力地背，不懂也要背到懂！

天啊，這麼學，就算學會了，也會從此憎恨英文了吧？

　　不行，不行。我們要用輕鬆愉快又充滿活力的方式，將英文文法學起來。它根本不是你想像中的那麼困難。如果你很會唱那個誰誰誰的新歌，為什麼不把要學的文法規則放進歌裡頭唱呢？對啊，我們就是要用動感十足的文法口訣，教你輕鬆自然地記住文法規則，把文法變得好玩、好學，不再死板！

　　你看，第三人稱單數動詞要加 -s，我們不要去背，要用唱的把它學起來，「跟屁蟲，跟屁蟲，動詞愛加跟屁蟲。talk, talks；read, reads」，是不是很有節奏感呢？那麼，什麼時候動詞會加上跟屁蟲？「He likes ice cream. She loves chocolate.。他她動詞加尾巴，你我動詞不變化」，這樣不就記起來了嗎？

　　老師為大家準備了 75 首好聽好記的文法口訣，裡頭有好多世界名曲喔。同時，你一定要翻開書本，看老師為大家說文法小故事，解決各種文法疑難雜症，我相信，你絕對能夠學得充實，更重要的是，學得快樂。

楊淑如 DORINA YANG

記憶專家、語言教育學者　熱情推薦

Other than memorizing vocabulary, studying grammar has always been one of the main tasks students in Taiwan need to focus on when learning English. Oftentimes, the process is very tedious. Students are asked to write down all the grammar rules in the textbooks. In order to "master" English, they usually take hundreds of drills and exercises, forcing themselves to avoid all the grammatical errors that even native speakers sometimes make, just for the purpose of getting good grades, rather than to the end of speaking English confidently.

It's not easy to reverse this situation: to make students know that it's not the poor grammar that makes them reluctant learners — they're usually already good at it! It's more down to the learning methods they adopt, and their confidence in the language.

Grammar is not something in which students have to put all their effort when learning a second language. But it can be a useful tool, and it is important they find the best manual to learn from. The teaching method adopted by the teacher plays a pivotal role here.

As teachers, we arc always looking for creative new teaching methods, and I'm glad to see that DORINA has once again most certainly delivered.

譯文

除了記誦單字外，學習文法一直是台灣學生學英文時的一項主要工作。通常，這個過程非常地枯燥。學生被要求記下所有教科書裡的文法。為了能夠「精通」英文，他們一般會作數以百計的練習題目，迫使自己不去犯下連母語人士有時都會犯的文法錯誤，這麼做只為了得到好成績，而非達成自信說英文的目標。

想扭轉這個情況並不容易：要讓學生知道並不是文法不好導致他們不願學習一通常他們已經對文法很拿手了！這更關乎他們採取的學習方法，以及學習此語言的信心。

在學習第二語言時，文法並非學生一定得傾注全力的地方。它可以是個有用的工具，而尋找到最好的使用手冊非常重要。老師採用的教學方法便在這裡扮演著關鍵的角色。

身為教師，我們一直在挖掘新的創意教學方法，我很高興看到 DORINA 老師再一次地做到了。

英國牛津大學教育學系、英國愛丁堡藝術節劇作家、路易思英文記憶教學顧問
Matthew Townend 馬修‧湯南

DORINA 老師真是厲害！透過「口訣、歌訣記憶法」，讓唸英文像唱歌一樣簡單有趣，她真的做到了。

龐大的課業壓力，常使學生害怕自己學得不夠多，學習速度不夠快，甚至在還沒接觸英文文法之前，就急著想要落跑了！家長們則常擔心孩子消化不良，學習路上會挫折重重。其實，學習英文，只要找對了方法，不僅能夠輕易吸收，效果也會十分驚人。

從事全腦開發記憶教學，我深刻體會，利用最有效的記憶方法，將幫助你大量學習、快速記憶，創造出學習動機與興趣，激發自我學習的高度意願。DORINA 老師透過富含韻律的「一句話速記」與動感十足的「文法口訣」，讓英文文法再也不難以親近，枯燥無趣，而是親切又幽默，處處充滿樂趣，魔術師的戲法般令人著迷。

一起來跟著 DORINA 老師「唱」遊英文文法的樂園吧，絕對讓你的文法慧根瞬間開竅！

國立台北教育大學博士、全腦開發學習達人　　黎珈伶

音樂與語言學習結合，以達到學習效率的大幅提升，這是早在 1950 年代，保加利亞著名的心理學及教育學家 Georgi Lozanov 已證實過的。藉由音樂的引導，學習者能夠放鬆心情，進入到最佳的學習狀態 (the optimum state for learning)，促使我們的大腦快速吸收新的資訊。

DORINA 老師可說是「英文與音樂結合教學」中的佼佼者。她的文法口訣與律動學習風靡已久，幫助許多人擺脫學習英文的痛苦，重拾學習英文的樂趣！

在《學英文文法不用背》這本書裡，你會發現 be 動詞 am, are, is 化身為「三劍客」，單數動詞字尾 -s / -es 叫做「跟屁蟲」，動詞三態變化是三種「變身咒語」等趣味聯想。你更會發現「龜兔賽跑」、「后羿射日」等幽默圖解呈現文法觀念，如此創意的連結，真讓人打開了身體的每個細胞，激發出學習文法的動力。

這就是 DORINA 老師的獨特魅力，讓你徹底打消放棄學習英文的念頭。她一定有支神奇的魔法杖，才變出了這許許多多令你難以想像的驚奇。

英國牛津大學應用語言學碩士、英文記憶專家、冠軍暢銷書作者 路易思

英文文法可說是學習英文時最讓人頭痛的地方。許多學生往往在這裡栽了跟頭後，便從此對英文興趣缺缺，這其實是很可惜的事情。還好，有 DORINA 老師這位英文小魔女，她充滿活力與創意的教學，讓逃避英文或是學不會英文的窘境不再發生。英文的文法規則看似繁多、難懂且例外多有，但名之為「規則」，大部分仍是可以輕鬆掌握、學來得心應手的，只要懂得抓住學習的訣竅。

DORINA 老師採用的「歌謠韻文教學法」，在《學自然發音不用背》、《學英文單字不用背》裡，成功展現了愉快學習英文的途徑。而今，《學英文文法不用背》出版了，這本書要讓最枯燥的文法內容變得豐富有趣且耐讀易懂，這將是學習英文者的一大寶藏。在《學英文文法不用背》裡，有朗朗上口的文法口訣，有清楚實用的例句，有幽默風趣的小故事，更有解決文法疑難的「文法小診所」。一課一個文法觀念，一個一個紮實地學，樂趣與滿足兼具，這是我見過最幸福的英文文法學習了。

政治大學教育學博士、中臺科技大學學務長 林海清

「那麼多規則，怎麼背得完啊？」「可不可以不要學文法？」英文文法對很多人來說，絕對是個「麻煩製造機」。動詞的變化、時態的變化、主格受格的變化⋯⋯如此多的變化，猛一看來，真會讓人頭昏眼花，提不起勁。這麼多的內容，如果只靠「背」就想將這些記住，當然會「背」不完，學習當然也會「倍」感痛苦！

我一直很佩服 DORINA 老師在英語教學上的創意與用心，她的「動態教學法」結合說唱與肢體、圖像，活潑而生動，精采而豐富。她讓你不必去煩惱「背」的問題，自然而然地從唸唱與傾聽故事中學習文法，你不會想打瞌睡，不會感到呆板無聊，最重要地，不用去「背」那一大堆的規則，就能達到學習的目的。

學習要有成就感，學習要靠技巧。聽 DORINA 老師快樂唸唱文法口訣，輕輕說文法小故事，指點文法學習迷津，可以給你的學習之路鋪上一層躍動的色彩。

彰師大教研所兼任副教授、中臺科大文教所副教授 魏渭堂

本書使用說明

用一句話就可以輕鬆記住文法規則

運用動感十足的文法口訣,將陌生文法規則變成朗朗上口的順口溜。

一則一則輕鬆故事,帶入文法主題;各種文法疑難雜症,一個個解決!

 你們知道英文的 be 動詞主要有哪三個嗎?

 am, are 還有 is!

 哇 ～ 你怎麼背起來的啊?

 Am, am, am, I am, I am, I am. Are, are, are, you are, you are, you are ……

 喔 ～ Is, is, is, he is, she is, it is ……

 STOP!! 學英文文法不用這樣背啦!那麼辛苦… 我們用『一句話』就可以把它迅速記起來囉!

 一句話?!

 就能記起來?

 對呀!而且我們還要把文法『唱』出來,邊唸口訣邊學。還要看許多有趣的故事,聽一些有點冷的笑話(涼~),輕鬆地把文法規則學起來!來,跟著 DORINA 一起到英文文法的樂園快樂學習唷!

原來,am, are, is 只是 be 動詞現在式的變化,它還有過去式的變化耶!

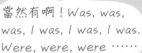

當然有啊!Was, was, was, I was, I was, I was. Were, were, were ……

先唸一句文法順口溜，快速記憶文法觀念！

一句話速記
以富含節奏感的句子，將本課文法觀念清楚呈現。

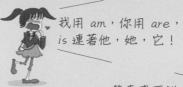
我用 *am*，你用 *are*，
is 連著他，她，它！

節奏感不錯嘛 !!

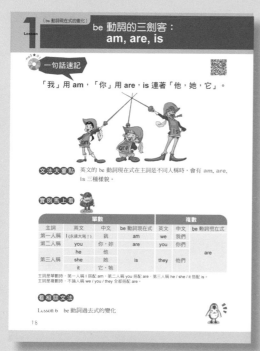

看看趣味十足的插圖，從圖中理解英文文法！

輕圖解文法
藉由圖像記憶文法規則，激發右腦思考，增進理解力。

順口溜唸完，C'mon!
Check it out! 可以用手機掃一下右上方的 QR 碼，聽聽這個超好用文法口訣！

一句話速記口訣歌詞
活潑動感的文法口訣，裡頭藏入文法規則和例句，歌詞收錄於本書的附錄一中。

唸完了口訣，我們趕快來看文法重點和實例，拿到打開文法大門的鑰匙！

文法大重點
不囉唆，即刻抓住這一課的文法觀念，用簡單的一兩句話概述本課的文法重點。打一把文法小鑰匙，開啟稍後深入學習的大門。

實例馬上看
學以致用，就從實例開始！從這裡看本課文法在英文句子裡的真實樣貌，直接瞭解實際的使用情形。

想學得好，一定要懂得舉一反三！看看這裡給我們什麼相關的文法觀念，融會貫通後，學習就能事半功倍！

看相關文法
文法規則大不同，舉一反三最靈活！這裡列出和本課相關的其它文法觀念，一併提供給讀者學習，既可以預習還沒學到的文法，也可以複習學過的文法。

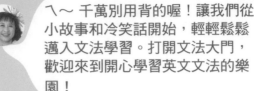

ㄟ～千萬別用背的喔！讓我們從小故事和冷笑話開始，輕輕鬆鬆邁入文法學習。打開文法大門，歡迎來到開心學習英文文法的樂園！

文法輕輕說

從小故事和冷笑話進入文法主題，搭配講解及例句，不必有太多負擔，不必緊張學不會，這裡是開心學習英文文法的樂園！

耶～我要當 be 動詞三劍客！

哈！哈！我是 be 動詞國王！你歸我管！

噓～我跟你說，你不要跟別人說，我要偷偷告訴你一些文法小祕密。學會了，你就比別人多知道很多了唷！

偷偷告訴你

額外補充必須知道的文法內容，為學習加分，更上一層樓。

叮咚！叮咚！想知道哪裡容易犯錯嗎？還想多學什麼嗎？所有英文文法的疑難雜症，這裡統統都能幫你解決！

文法小診所

提供學習本課文法容易犯錯及忽略之處的講解，並有進階的學習內容，給讀者自我挑戰。

聽唱學文法，樂趣無窮
朗朗上口文法記憶口訣，文法規則不用背

一句話速記口訣，一掃就會！

❶ 收錄「一句話速記」口訣歌詞

附錄一收錄各課的「一句話
速記」口訣歌詞，你可以一
邊聽 MP3 CD 或掃描每一課
首頁右上方的 QR Code，一
邊看歌詞，掌握每句歌詞的
意思，在聽唱與閱讀中享受
學習的樂趣。

❷「一句話速記」口訣 MP3 CD

收錄全書 75 課的「一句話速記」口
訣，精心挑選世界名曲作為配樂，並
由 DORINA 老師親自填詞獻唱。朗朗
上口的歌詞搭配輕鬆活潑的曲調，
讓認識英文文法成為一趟幸福的學
習旅程。

英文變簡單 05

學英文文法不用背！

記憶口訣與文法學習
的完美結合

MP3 光碟

I　you　he/she/it + s, -es

目錄

作者序　2

推薦序　3

使用說明　6

Chapter 1　動詞與英文句型

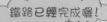

鐵路已經完成囉！

Chapter 2　名詞與代名詞

Chapter 3 疑問詞

Chapter 4 形容詞與副詞

Chapter 5　介系詞與連接詞

動詞與英文句型

　　英文文法像是魔術師的戲法。魔術師利用魔術帽、枴杖、白鴿和絲巾等道具表演各個戲法；英文文法則由各種詞性擔綱演出。其中，「動詞」是最重要的一種。

　　英文動詞主要分為「be 動詞」和「一般動詞」兩大類。無論是 be 動詞或一般動詞，都受著時態和語氣的影響，而有不同的樣貌。

　　比方說，在「現在簡單式」的時態裡，be 動詞有 am, are, is 三種長相，搭配不同的主詞使用。什麼主詞搭配什麼 be 動詞呢？Lesson 1 就要告訴你！

　　一般動詞在現在簡單式裡，則會有 -s 和 -es 兩隻跟屁蟲跟著。只要是第三人稱單數主詞 he（他）、she（她）、it（它，牠）等帶領的句子，這兩隻跟屁蟲就會跟在一般動詞的後面喔。至於哪一隻跟屁蟲會去黏住一般動詞，這得看一般動詞的尾巴長得如何，Lesson 2 就要告訴你！

　　想像我們在跑步機上運動，一直跑～跑～跑～持續不停的感覺，這就是「現在進行式」的時態。只要中文裡出現「現在」、「正在」這些詞語，就是用現在進行

式的最佳時機啦！這時候，動詞的尾巴就會加上 -ing 進行曲，怎麼加呢？Lesson 4
要唱給你聽！

　　講現在的事情，英文動詞使用現在式；相反地，講過去的事情，英文動詞就要
使用「過去式」。媽媽說故事、老師教歷史的時候，都會用到「過去簡單式」的時
態。過去簡單式的動詞通常只要給現在簡單式的動詞做個小手術，在它的尾巴加上
-ed，就可以從現在咻地一聲飛回過去囉！Lesson 7 就要教你如何為動詞加上 -ed！

　　好啦，我「已經完成」過去簡單式的介紹，馬上要和你講「現在完成式」啦！
嗯，說什麼事情「已經完成」時，就會用到「現在完成式」的時態。如果說現在進
行式的關鍵是動詞要加上 -ing 進行曲，那麼現在完成式的關鍵就是「完成式動詞」
了喔！動詞的完成大變身有四種咒語，Lesson 9 就要傳授給你！

　　神奇的魔術表演需要魔術師不斷地學習與演練，英文文法也需要靠各位慢慢學
習與練習。好好運用英文的動詞表現，你也會是成功的英文小魔術師喔！

be 動詞的三劍客：
am, are, is

mp3 ★ 01

一句話速記

「我」用 **am**，「你」用 **are**，**is** 連著「他，她，它」。

文法大重點　英文的 be 動詞現在式在主詞是不同人稱時，會有 **am, are, is** 三種樣貌。

實 例 馬 上 看

主詞	單數			複數		
	英文	中文	be 動詞現在式	英文	中文	be 動詞現在式
第一人稱	I (永遠大寫！)	我	am	we	我們	are
第二人稱	you	你，妳	are	you	你們	
第三人稱	he	他	is	they	他們	
	she	她				
	it	它，牠				

主詞是單數時，第一人稱 I 搭配 am，第二人稱 you 搭配 are，第三人稱 he / she / it 搭配 is。
主詞是複數時，不論人稱 we / you / they 全都搭配 are。

看 相 關 文 法

Lesson 6　be 動詞過去式的變化

　　英語國裡有一位年輕有為的國王，他就是大名鼎鼎的「be 動詞」。be 動詞國王底下有三個身懷絕技的劍客—**am, are, is**，他們受命保護國王的三個兒子—我、你和他。保護大王子「我」的劍客是 **am**，保護二王子「你」的劍客是 **are**，保護小王子「他」的劍客 **is**。am, are, is 三位劍客在 be 動詞國王的訓練下，劍術日益精進，使得英語國內外的惡徒都不敢侵犯，人們因此尊稱他們為「be 動詞的三劍客」。

認識 be 動詞

　　am, are, is 是英文動詞裡最重要的一類，我們稱為「be 動詞」。英文的動詞都有一個「原形」，而 am, are, is 的原形就是 "be"。為什麼英文動詞要有原形呢？這是因為使用在句子中的動詞，會因為時態或語態的改變而出現變化。為了避免這些變化的動詞找不到自己的爸媽，所以都會給他們一個「原形」，讓他們知道自己從哪裡出生。

be 動詞與主詞的搭配

　　那麼，什麼時候要用 am，什麼時候要用 are，什麼時候要用 is 呢？其實這很簡單喔！第一人稱單數主詞永遠只有一個，那就是 I（我）。「我」是未來的主人翁，所以 I 要一直大寫。I 後面永遠只搭配 be 動詞 am，例如：

I am a student. 我是一個學生。

　　第二人稱單數主詞永遠只有一個 you（你，妳），you 後面永遠只搭配 be 動詞 are，例如：

You are a teacher. 妳是一位老師。

　　第三人稱單數主詞呢？只要記住「除了你，除了我，其餘的都是第三人稱單數」就行囉，而且永遠只搭配 be 動詞 is，例如：

He is a boy. 他是一個男孩。

She is a girl. 她是一個女孩。

第三人稱單數除了常見到的 he（他）、she（她）之外，用來表示動物和沒有生命的 it（牠／它）以及人名、地名等其他單數名詞都是第三人稱單數喔！例如：

（動物）　It is a monkey. 牠是一隻猴子。
（無生命）It is a desk. 它是一張書桌。
（人名）　Rosa is a lovely girl. 羅莎是一個可愛的女孩。
（地名）　France is a country. 法國是一個國家。

上面說的都是單數主詞的情形，如果搭配複數主詞呢？那就更簡單囉！be 動詞的三劍客裡，are 的劍術最高明，所以當你、我、他三位王子一起出遊時，國王就會指派 are 領軍保護他們。例如：

We are students. 我們是學生。

You are teachers. 你們是老師。

They are classmates. 他們是同班同學。

第三人稱單數主詞，一定要選我唷！

複數主詞記得挑我！

1. be 動詞翻成中文只有「是」的意思嗎？

She is a cook.	她是一位廚師。
It is cute.	牠很可愛。
He is in Taiwan.	他在台灣。

　　一般來說，我們習慣會把 be 動詞當作「是」來解釋。但是上面三個例句中的 be 動詞，如果都解釋成「是」，就會有點奇怪囉。可不可以按照我們說話的習慣來做些調整呢？可以的啊。像第二句 It is cute.，如果翻成「牠很可愛」，不是比「牠是可愛的」來得通順許多嗎？第三句 He is in Taiwan.，翻成「他在台灣」，不是也比「他是在台灣」簡單得多呢？不過英文句子的完整一定要有動詞存在，不像中文可以沒有動詞，所以漏掉 be 動詞也是我們常犯的錯誤之一，一定要小心哦！

2. be 動詞的縮寫

　　英文的許多字詞，有時因為書寫或口說的方便，會有縮寫的形式。簡單來說，就是偷懶啦！am, are, is 也有個別的縮寫形式喔，請看下面的例句：

I am a baker.	我是一個麵包烘焙師。	→I'm a baker.
You are a waiter.	你是一位服務生。	→You're a waiter.
He is an actor.	他是一位演員。	→He's an actor.
She is a dancer.	她是一名舞者。	→She's a dancer.
It is a ruler.	它是一把尺。	→It's a ruler.

　　有沒有注意到，縮寫時，be 動詞的第一個母音字母都被主詞吃掉了，只剩下一顆飯粒黏在主詞的嘴巴上，那顆飯粒叫做省略號（apostrophe），也就是「'」。想要偷懶，不能忘記這顆飯粒哦！

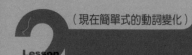
一般動詞的跟屁蟲：-s 跟 -es

一句話速記

線上音檔

She sits on the chair drinking XO. 她坐在椅子上喝 XO。

文法大重點 英文的一般動詞在主詞是第三人稱單數時，後面會有 **-s** 或 **-es** 跟屁蟲。動詞字尾是 -sh, -s, -ch, -x, -o 時加 -es。

實例馬上看

現在簡單式動詞變化			
字尾加 **-s**		字尾是 -sh, -s, -ch, -x, -o，加 **-es**	
work（工作）	works	finish（結束）	finishes
read（閱讀）	reads	kiss（親吻）	kisses
eat（吃）	eats	watch（看）	watches
stop（停止）	stops	go（去）	goes

主詞是第三人稱單數時，動詞字尾通常加上 -s。當字尾是 -sh, -s, -ch, -x, -o 時，則加上 -es。
熟記一句話速記，你就知道哪些動詞會加 -es 囉！

看相關文法

Lesson 7　過去簡單式的動詞變化

文法輕鬆說

綠油油的草地上，美麗的兔媽媽帶著兩隻毛茸茸的小兔兔出來郊遊。兔小妹一邊跳一邊對哥哥 **says**（說）：「哥哥，媽媽 say（說）前面有一塊好大的蘿蔔園，我們快去挖蘿蔔嘛！」

兔哥哥對兔小妹 **says**（說）：「小妹啊，妳連話都不好好說，怎麼去挖蘿蔔啊？跟妳說過多少次了，動詞後面會有個像妳一樣的跟屁蟲。妳剛剛講『媽媽 say（說）』是不對的，正確的說法應該是『媽媽 **says**（說）』。」

兔小妹這才恍然大悟：「哦，原來要加 s 啊，那我們可以去挖蘿蔔了嗎？」

突然間，哥哥看了看四周，慌張地說：「等一下！媽媽去哪裡了？哇─我要找媽媽啦～！」兔小妹瞪大眼睛，看著哇哇大哭的兔哥哥，心裡偷偷地說：「到底誰才是跟屁蟲啊？」

認識一般動詞

在英文裡，be 動詞以外的動詞統稱為「一般動詞」。一般動詞和 be 動詞一樣，都有一個「原形」，而搭配不同人稱或時態會有不同的變化。還記得前面一課裡，與第三人稱單數搭配的 be 動詞是三劍客裡哪一位嗎？答對了，是 "is"。那麼，與第三人稱單數搭配的一般動詞又會長什麼樣子呢？

一般動詞加上 -s 或 -es

在時態為現在簡單式的句子中，當主詞是第三人稱單數時，一般動詞的後面就會出現 -s 或 -es 這兩個「跟屁蟲」。-s 或 -es 這兩個跟屁蟲如何黏著一般動詞呢？我們仔細來看看囉：

1. 一般情況下，直接在動詞尾巴加 -s，例如：

| get（得到） | → | gets |
| talk（說話） | → | talks |

2. 以 **-sh, -s, -ch, -x, -o** 結尾的動詞，在動詞尾巴加 **-es**，例如：

wash（洗）	→	**washes**
miss（想念；錯過）	→	**misses**
teach（教導）	→	**teaches**
fix（修理）	→	**fixes**
do（做）	→	**does**

3. 以「子音 + -y」結尾的動詞，要先把 **-y** 變成 **-i**，再加上 **-es**，例如：

fly（飛）	→	**flies**
try（嘗試）	→	**tries**

偷偷告訴你

以「母音 + -y」結尾的動詞，直接在動詞尾巴加 -s 喔，例如：

play（玩）　→　plays

buy（買）　→　buys

4. 不規則的變化

have（擁有）	→	**has**

　　都怪這些纏人的跟屁蟲，讓一般動詞全都變臉了。即使如此，大多數的動詞只是尾巴變得不一樣，你還是認得出它們哦！

1. -s 和 -es 這兩個跟屁蟲黏住動詞後，叫聲如何呢？

別以為一般動詞的「跟屁蟲」只有長相不同而已唷，牠們的叫聲也不一樣呢：

跟屁蟲加法	動詞字尾	跟屁蟲叫聲	例字
字尾加 -s	字尾是無聲子音	嘶嘶嘶	start（開始）- starts [s] break（打破）- breaks [s] 在輕輕的音後面發音為 [s]
	字尾是有聲子音	滋滋滋	read - reads [z] open - opens [z] 在重重的音後面發音為 [z]
	字尾是「母音 + -y」	滋滋滋	buy - buys [z] play - plays [z]
	字尾的發音是 [s] 或 [z]，而且以字母 "-e" 結尾	依滋依滋	close（關閉）- closes [iz] race（比賽）- races [iz]
字尾加 -es	字尾是 -sh, -s, -ch, -x	依滋依滋	teach - teaches [iz] watch - watches [iz]
	字尾是 -o	滋滋滋	go - goes [z] do - does [z]
字尾變 -y 為 -i，再加 -es	字尾是「子音 + -y」	依滋依滋	carry（攜帶）- carries [iz] worry（擔心）- worries [iz]

可見動詞被跟屁蟲纏上之後，就多了嘶嘶嘶、滋滋滋、依滋依滋的叫聲。不過，有些動詞有了跟屁蟲後，不是多了叫聲，反而是整個聲音都變了，像 do [dʊ] 加了 -es 之後，發音就變成了 does [dʌz]，和原來的發音大不相同喔。

這一課教大家的是一般動詞第三人稱單數的變化方式和讀音，都記住了嗎？不要被 -s 還有 -es 這兩隻小蟲子給搞糊塗囉，牠們可是很調皮的呢！

I keep a journal every day.
我每天寫日記。

線上音檔

一句話速記

你我動詞不變化，他她動詞加尾巴。

我沒尾巴。　我也沒尾巴。　我有尾巴。

I　you　he/she/it　+-s, -es

文法大重點 「現在簡單式」的句子用來表示經常或習慣的動作，以及客觀的事實或道理。

實例馬上看

I **wash** my hands before meals.　我吃飯前都會洗手。

She **works** hard at school.　她在學校都很用功。

He **has** a bad day.　他今天很背。

They **like** *Harry Potter* very much. 他們非常喜歡《哈利波特》。

看相關文法

Lesson 1　be 動詞現在式的變化

Lesson 2　現在簡單式的動詞變化

「大懶蟲，起床啦！」哎啊，一天之中，最痛苦的時刻就是「現在」！「媽媽，我不要起床，再讓我睡五分鐘好嗎？」我向媽媽哀求。「不行！」這通常是媽媽的回答。

每天早上（**every** morning），我懶洋洋地爬起床，洗臉、刷牙，然後吃早餐（I **wash** my face, **brush** my teeth and **have** breakfast.）。七點一到，我就從家裡出發。出門後，一定會遇到我的好朋友小康。我們每天都一起騎腳踏車上學（We **go** to school by bicycle **every** day.），但小康總是騎得比我快。我們一路上爭著騎第一，所以總是很驚險地到學校！

認識現在簡單式

上面是小胖同學某天的日記。小胖每天都會寫日記，每天都會賴床。你有沒有發現，在寫日記的時候，小胖全都用了「現在簡單式」的時態呢？在現在簡單式時態裡，be 動詞使用 am, are 或 is，一般動詞則使用原形，遇到第三人稱單數主詞時，才加上 -s 或 -es 跟屁蟲。

何時使用現在簡單式

因為日記裡寫的都是日常生活裡每天都做、經常會做的事情，所以會用現在簡單式的時態。這麼說來，現在簡單式這個時態通常會用在哪裡呢？其實很簡單喔！只要弄清楚以下兩點，就一定沒問題啦：

1. **經常或習慣的動作**。也就是說，只要看見「every（「每一…」，包括 every day, every morning, ...）、always（總是）、often（經常）、never（從不）」等字，就知道是常做的動作或養成的習慣，便會使用現在簡單式啦！例如：

I **do** my homework **every day** after school. 我每天放學就乖乖做作業。
Josh **often goes** to school by MRT. 喬許經常搭捷運去上學。

2. 客觀的事實或科學的道理。例如：

The earth **moves** around the sun. 地球圍繞著太陽轉。

The sun **rises** in the east. 太陽從東方升起。

沒有人有別的意見吧？像這種不可能改變的事實或道理，也是用現在簡單式來表現唷！

文法小診所

1. do 到底是什麼？

鮮花，下跪，戒指…這些讓你聯想到什麼呢？沒錯，就是求婚啦！你一定也聽過在這個場合裡，必定會有的兩句經典對白：

A: Will you marry me? 你願意嫁給我嗎？
B: Yes, I **do**! 是的，我願意！

這樣，有情人便終成眷屬啦。但是，如果美女說一句 "No, I don't!"，可憐的俊男就要在地板上長跪不起囉。

你是否發現，這裡的 "do" 和一般動詞的 "do（做）" 意思不一樣？是啊，這裡的 do 叫做「助動詞」，它是 be 動詞、一般動詞以外的另一種動詞詞類，後面會接一個原形動詞，主要用在疑問句（Lesson 17）、否定句（Lesson 18）還有簡答（就像上面的 I do! / I don't!）裡。

小胖的日記裡寫著「媽媽，我不要起床」，這句的英文是 "Mom, I do not want to get up."，這裡的 do 就是助動詞的用法。至於 "I do my homework every day after school."，這裡的 do 就是一般動詞「做」的用法囉。

偷偷告訴你

雖然當助動詞的 "do" 主要用於疑問句和否定句，但它還是可以用在肯定句唷，而且此時有強調後面動詞的作用，通常我們將它解釋為「真的，的確」，例如：

I do love you. 我真的愛你。
He does like cartoons. 他的確喜歡卡通。

Lesson 4 （現在進行式的動詞變化）

動詞的進行曲：-ing

線上音檔

動詞加上 **-ing**，**-e** 不發音要去 **-e**。

文法大重點 英文的一般動詞在現在進行式時態裡，通常會在動詞的尾巴加上 **-ing**。

實例馬上看

現在進行式動詞變化			
字尾加 -ing		字尾是不發音的 -e，先去 -e，再加 -ing	
eat（吃）	eating	come（來）	coming
drink（喝）	drinking	write（寫）	writing
play（玩）	playing	dance（跳舞）	dancing

表示現在進行式時態時，一般直接在動詞尾巴加上 -ing。動詞尾巴如果是不發音的 -e，要先去 -e 才能加 -ing。
am, are, is 的進行式為 being。

看相關文法

Lesson 2　現在簡單式的動詞變化

文法輕鬆說

　　「戀愛 ing / happy ing / 心情就像是坐上一台噴射機 / 戀愛 ing / 改變 ing …」搖滾樂團五月天的「戀愛 ing」大家有沒有聽過呢？沒有聽過沒關係，這裡也要教你一首生動有趣的動詞進行曲，聽完後你就會覺得，現在進行式的動詞變化真的很簡單，完全不用背！

認識進行式動詞

　　-ing 像是一個活潑的音符，跟在動詞後面，動詞就會變成一首進行曲，演奏著一個動作的進行。因此，加了 -ing 的進行式動詞就表示某個動作正在進行中。只要掌握了 -ing，以後別人問你「正在」做什麼，你就可以很自豪地用英文回答：「我正在做作業」、「我正在洗澡」、「我正在玩電腦遊戲」。

動詞加上 -ing

　　那麼，動詞的進行曲是如何編出的呢？-ing 如何跟著動詞跑呢？請看：

1. 一般情況下，直接在動詞尾巴加 -ing，例如：

cook（烹煮）	→	cooking
wait（等待）	→	waitlng

2. 以不發音的 -e 結尾的動詞，要先去 -e，再加 -lng，例如：

make（製作）	→	making
taste（品嚐）	→	tasting

3. 以「短母音＋子音」結尾的動詞，要重複動詞尾巴的子音字母，再加 -ing，例如：

run（跑步）	→	running
swim（游泳）	→	swimming

　　記不記得，在 Lesson 2 裡，"-s" 和 "-es" 兩個跟屁蟲黏住一般動詞的尾巴後，讓一般動詞發生了一些長相和聲音的變化。當動詞唱起 -ing 進行曲時，長相也改變了，但聲音不像 -s 和 -es 兩個跟屁蟲那樣嘶嘶嘶、滋滋滋、依滋依滋的變來變去，-ing 只有「依嗯依嗯」[ŋ] 這個叫聲唷。

　　說了這麼多，你知道動詞什麼時候要唱「依嗯依嗯」進行曲了嗎？下一課告訴你！

文法小診所

1. 需要重複字尾的進行式動詞還有這些唷！

　　現在進行式的動詞變化並不難，但是文法輕輕說裡第三點提到的「重複動詞尾巴的子音字母，再加 -ing」這種動詞變化，要特別注意哦，因為一不小心就會漏掉一個字母，讓他偷偷跑走了。所以啊，這裡再多告訴你一些這種動詞：

rob（搶劫）	→	robbing
hug（擁抱）	→	hugging
travel（旅行）	→	travel(l)ing（不重複也可以哦！）
begin（開始）	→	beginning
plan（計畫）	→	planning
win（贏得）	→	winning
drop（掉落）	→	dropping
cut（切）	→	cutting
get（得到）	→	getting
hit（打，擊）	→	hitting
let（讓）	→	letting
pat（輕拍）	→	patting
put（放）	→	putting
regret（後悔）	→	regretting
shut（關上）	→	shutting

　　好多生字對不對？別氣餒喔，中文字也有很多啊，你都學起來了，英文生字絕對也難不倒你的啦！

（現在進行式句型）

I am telling a lame joke.
我正在說冷笑話。

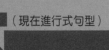

mp3 ★ 05

線上音檔

一句話速記

「正在」要加 -ing，be 動詞別忘記。

就是因為你一直跟著，我們才得一直跑啊！

別跑啊，等等我！

am　are　is　-ing

文法大重點　「現在進行式」的句子用來表示現在正在進行的動作，以「**be** 動詞＋動詞 **-ing**」的形式呈現。

實例馬上看

I **am** play**ing** baseball now.　我正在打棒球。

We **are** mak**ing** chocolate cookies.　我們正在做巧克力餅乾。

Jack **is** run**ning** after a school bus.　傑克正追著校車跑。

They are watch**ing** TV in the living room.　他們正在客廳裡看電視。

It **is** rain**ing** now.　現在正在下雨。

看相關文法

Lesson 1　be 動詞現在式的變化

Lesson 4　現在進行式的動詞變化

11 名不幸落水的船員 **are hanging**（正吊在）直升機的救生索上，下面是波濤洶湧的大海。救生索很細，快支撐不住 11 個人的重量了。此時，必須犧牲一個人跳下海。當然，沒有人自告奮勇。

過了一陣子，一位船員開口了，他 **is giving** a touching speech（說著讓人感動的一席話），他說：「為了挽救其他人的性命，我願意犧牲自己，因為大海告訴我，人的生命很渺小，要懂得及時行善，奉獻自己，成就別人…」

當他結束這一段精彩的演說時，救生索上兩三個船員 **are clapping**（拍起手來），為他偉大的胸襟喝采。沒想到一拍手，他們就撲通撲通一個個跌進了水裡。

認識現在進行式

「現在進行式」顧名思義，就是表示現在正在進行的動作。在上面那個有點冷的笑話裡，你有沒有發現，動詞都加上了 "-ing"，表示進行中的動作。而且，動詞進行曲 -ing 前面有 位重要的指揮家，你知道這位指揮家是誰嗎？沒錯，就是「be 動詞」。隨著主詞人稱的不同，be 動詞 am, are, is 要分別出馬喔。

何時使用現在進行式

所以，「現在進行式」的構成形式是「be 動詞＋動詞 -ing」。動詞尾巴加上 -ing 的方式，我們在上一課已經介紹過了。那麼，動詞什麼時候要唱進行曲，我們什麼時候該使用現在進行式時態呢？

1. 表示現在正在發生的事情時，例如：

We **are waiting** for you now. 我們現在正在等你。

Julia **is talking** on the phone. 茱莉亞正在講電話。

2. 表示長期或重複的動作時，例如：

Mr. Jackson **is writing** a novel. 傑克森先生正在創作一本小說。

-- 說話時並未在寫，只是處於寫作的狀態。

She **is learning** the piano. 她正在學鋼琴。

-- 說話時並未在彈，只是處於學彈的狀態。

偷偷告訴你

已經確定或安排好的未來活動，雖然在將來才會發生，卻可以用「現在進行式」表示喔，例如：

I'm leaving for a travel next week.
我打算下週去旅遊。-- 行程已經安排好了。
We're flying to Paris tomorrow.
我們明天會坐飛機去巴黎。-- 機票已經拿到了。

大概因為這些未來的活動是進行中的事情的延續，所以也把現在進行式拿去用囉。像下週去旅遊，現在一定在安排行程；明天飛去巴黎，現在一定在忙著確認機位，所以都可以用現在進行式說喏。

文法小診所

1. was, were（be 動詞過去式）＋動詞 -ing
現在進行式變過去進行式

　　「過去進行式」和現在進行式長得非常相像，也都有「持續進行」的意思。它們最大的不同，就在「現在進行式」講的是「現在的現在」，指現在這段時間正在進行的事情；「過去進行式」講的是「以前的現在」，指過去某段時間正在進行的事情。因為是過去時間，be 動詞也要使用過去式 was, were（請看 Lesson 6）才行哦。句子裡通常會將過去的時間表示出來。例如：

　　I was studying **at 10 o'clock this morning**. 我今天早上 10 點時正在讀書。
　　-- 早上 10 點不是現在的時間，而是過去的時間，那個時間我正在讀書，所以使用過去進行式。

　　什麼時候才是使用過去進行式的恰當時機呢？

❶ 表示持續的、沒有中斷的活動
I **was eating** dinner when father came home.
爸爸回家的時候，我正在吃晚飯。

我一直在吃飯，爸爸回來的時候仍然在吃，所以吃飯是一直持續、沒有中斷的活動，這種情況就可以用過去進行式。

❷ 表示過去某段時間內一直進行的活動
They **were studying** English in the US from 2008 to 2009.
他們 2008 年到 2009 年在美國學習英文。

在一段時間內一直進行的活動可以使用進行式，因為講的是以前的事情，所以要用過去進行式。

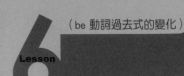

Lesson 6（be 動詞過去式的變化）

be 動詞的雙子星：was, were

 一句話速記

線上音檔

「我」用 **was**，「你」用 **were**，「他，她，它」仍是用 **was**。

文法大重點 英文的 be 動詞過去式在主詞是不同人稱時，會有 **was, were** 兩種樣貌。

實例馬上看

單數				複數		
主詞	英文	中文	be 動詞過去式	英文	中文	be 動詞過去式
第一人稱	I (永遠大寫！)	我	was	we	我們	were
第二人稱	you	你，妳	were	you	你們	
第三人稱	he	他	was	they	他們	
	she	她				
	it	它，牠				

主詞是單數時，第一人稱 I 搭配 was，第二人稱 you 搭配 were，第三人稱 he / she / it 搭配 was。
主詞是複數時，不論人稱 we / you / they 全都搭配 were。

看相關文法

Lesson 1　be 動詞現在式的變化
Lesson 7　過去簡單式的動詞變化

　　還記得兔小妹和兔哥哥嗎？在蘿蔔園裡待了一天，牠們吃飽了也玩累了，兩個躺在草地上，一起望著一閃一閃亮晶晶的天空。

　　兔小妹說：「哇，滿天星星的夜空 is（是）多麼漂亮啊！」

　　「對啊，好美哦，」哥哥也說。

　　「哇，哥哥，你看，那顆星星 is shinning（正在一閃一閃）耶！」兔小妹忍不住讚嘆。

　　兔哥哥卻對小妹說：「不對唷，星星距離地球好幾光年呢。我們現在看到的星光，是星星在好幾百萬年前發出來的，所以那是『過去』的光，妳應該說那顆星星 "was shinning" 才對！」

　　「好啦，哥哥，」兔小妹有些不耐煩，「你又開始滔滔不絕了，什麼過去呀，現在呀，我頭都昏了。反正我是現在看到星星在閃，我就說它 is shinning，不可以嗎？！」

be 動詞的現在式與過去式

　　還記得 be 動詞現在式的三劍客 am, are, is 嗎？他們全都有「是」的意思，分別搭配 I, you, he / she / it 等人稱，而且和一般動詞現在式一樣，用在表示經常或習慣的動作，以及客觀事實或道理的句子裡。

　　be 動詞過去式的雙子星 was, were 也都有「是」的意思，其中 was 搭配第一（I）和第三單數人稱（he / she / it），were 搭配第二單數人稱（you）和所有複數人稱（we / you / they）。小心哦，一定都得是「過去的時間或事情」，才能使用它們唷。我們用圖畫的方式來表現 be 動詞現在式與過去式的差別，相信你一定能一看就懂：

（過去）It **was** a seed.
它是一顆種子。

（現在）It **is** a big tree now.
它是一棵大樹。

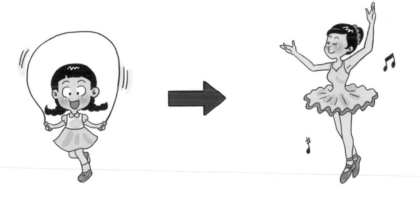

（過去）She **was** a little girl.
她是一位小女孩。

（現在）She **is** grown up now.
她已經長大了。

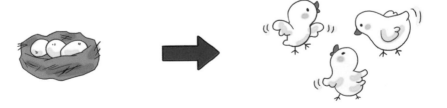

（過去）They **were** eggs.
牠們是一堆雞蛋。

（現在）They **are** chickens now.
牠們是一群小雞。

文法小診所

1. 迅速搞定 be 動詞過去式

① 熟記「過去的時間」，例如：

yesterday	昨天	**the day before yesterday**	前天
last night	昨晚	**last Saturday**	上週六
in 1998	在 1998 年	**five years ago**	五年前

　　只要是表示過去時間發生的事，be 動詞就會使用過去式。「last＋時間點」指的是「上一個…」，除了上面提到的 last night, last Saturday，還有 last week（上週）、last month（上個月）、last year（去年）等。

② 搞定單複數：單數用 was，複數用 were

　　除了你（you）是用 were 以外，其他的人稱單數就用 was，複數就用 were。熟記本課一句話速記，別再搞錯 be 動詞的過去式囉。

偷偷告訴你

　　「你以前是好學生嗎？」如果想問別人「以前是…嗎」，該如何問呢？非常簡單，口訣是「was / were 向前跑」，把 be 動詞提前至句首就可以了，其餘的都不變。例如：

（原句）	You are a good student.	你是一個好學生。
（改過去式）	You were a good student six years ago.	你六年前是一個好學生。
（改疑問句）	Were you a good student six years ago?	你六年前是一個好學生嗎？

以前，動詞都跟 -ed 在一起

線上音檔

一說到過去，**-ed** 不能少。無論你我他，**-ed** 都需要。

以前我們不是很好嗎？不准離開我！

動詞　-ed

文法大重點　英文的一般動詞用在指過去發生的事情時，喜歡跟 **-ed** 黏在一起。但是有些動詞比較不合群，跟 **-ed** 在一起會打架，他們只喜歡自己變身。

實例馬上看

過去簡單式動詞變化			
字尾加 **-ed**		不規則變化	
work（工作）	work**ed**	read（閱讀）[i]	read [ε]
talk（說話）	talk**ed**	go（去）	went
finish（結束）	finish**ed**	buy（買）	bought
watch（看）	watch**ed**	have（擁有）	had

過去式動詞的規則變化有的和動詞加上 -s 跟 -es 的方式類似，有的則和動詞加上 -ing 的方式類似。不規則變化雖然有各種各樣，但是仍有一些變化規則可循，千萬別氣餒！

看相關文法

Lesson 2　現在簡單式的動詞變化

文法輕鬆說

馬克喜歡打網球（play tennis）。有一次，他和學校的外國老師說：「我很常 "play" tennis，昨天才跟爸爸 "play" tennis。」可是老師卻說：「I don't understand.（我聽不懂。）」為什麼會這樣呢？

原來，馬克沒有幫動詞與 **-ed**「送作堆」，讓老師搞不懂他說的是現在的事還是過去的事。

認識過去式動詞

「過去式動詞」跟「現在式動詞」長得並不一樣。

「現在式動詞」只有在主詞是第三人稱單數時，才會被 "-s" 或 "-es" 兩個跟屁蟲跟著；主詞是其他人稱或複數時，動詞都保持原來的樣子。

「過去式動詞」則不管主詞是第幾人稱，是單數複數，都要在動詞的尾巴加上 **"-ed"** 才可以喔。

只要講到「昨天」或「以前」這些過去發生的事情，就要在原形動詞的尾巴加上 -ed。不管是我說的、你說的還是他說的，動詞通通加上 -ed 就沒有錯啦。可惜，就是有些動詞不太合群，不喜歡跟 -ed 在一起，這些不聽話的過去式動詞，我們得好好看緊他們，以免他們亂作怪。

動詞加上 -ed

在 Lesson 2 裡，我們看到了 -s 或 -es 這兩個跟屁蟲如何黏著一般動詞；現在，我們來看看 -ed 怎麼和一般動詞相親相愛囉：

1. 一般情況下，直接在動詞尾巴加 -ed，例如：

talk（說話） → talked
work（工作） → worked

2. 以「子音 + -y」結尾的動詞，要先把 -y 變成 -i，再加上 -ed，例如：

fly（飛） → flied
try（嘗試） → tried

43

若是以「母音 + -y」結尾的動詞，則直接在動詞尾巴後面加 -ed
喔，例如：

play（玩）　　→　played
stay（停留）　→　stayed

3. 以不發音的 -e 結尾的動詞，直接在動詞尾巴加 -d，例如：

like（喜歡）	→	liked
live（住）	→	lived

4. 以「短母音＋子音」結尾的動詞，要重複動詞尾巴的子音字母，再加 -ed，例如：

plan（計畫）	→	planned
stop（停止）	→	stopped

5. 不規則變化

feel（感覺）	→	felt		sleep（睡覺）	→	slept
bring（帶來）	→	brought		think（想）	→	thought
sell（賣）	→	sold		tell（告訴）	→	told
break（打破）	→	broke		speak（說）	→	spoke
drive（駕駛）	→	drove		write（寫）	→	wrote
blow（吹）	→	blew		know（知道）	→	knew
begin（開始）	→	began		swim（游泳）	→	swam

　　哇，這些不合群的動詞還真不少哩！的確，這裡列出的只是一部分不規
則變化的過去式動詞。雖然它們每個變化的方式都不太一樣，但如果你左右
兩欄的字一組一組地看，還是隱隱約約可以看出一些規則，是不是呢？

文法小診所

1. -ed 和動詞黏在一起後,叫聲如何呢?

跟屁蟲 -s 和 -es 黏住動詞後,會有不同的叫聲,那麼 -ed 黏住動詞後,叫聲又是如何呢?

-ed 加法	動詞字尾	-ed 叫聲	例字
字尾加 -(e)d	字尾是無聲子音	特特特	work - worked [t] finish - finished [t] hope(希望)- hoped [t] stop - stopped [t] 在輕輕的音後面發音為 [t]
	字尾是有聲子音	得得得	clean(清潔)- cleaned [d] watch - watched [d] live - lived [d] plan - planned [d] 在重重的音後面發音為 [d]
	字尾是 「母音 + -y」	得得得	play - played [d] stay - stayed [d]
字尾變 -y 為 -i, 再加 -ed	字尾是 「子音 + -y」	依得依得	carry - carried [id] worry - worried [id]

可見動詞與 -ed 在一起之後,就多了特特特、得得得、依得依得的叫聲。記得喔,只要字尾是無聲子音,-ed 就唸成 [t];字尾是有聲子音,-ed 就唸成 [d]。

Lesson 8 （過去簡單式句型）

I lived in Candyland.
我以前住在糖果國。

線上音檔

一句話速記

阿公講古，媽媽說故事，老師教歷史，都用過去簡單式。

壞皇后 asked 魔鏡。
魔鏡 told 她：Snow White 最漂亮！

文法大重點 「過去簡單式」的句子用來表示過去發生的事情，使用時動詞必須是過去式動詞。

實例馬上看

現在簡單式		過去簡單式	
I watch TV today.	我今天看電視。	I watched TV yesterday.	我昨天看電視。
You play baseball this morning.	你今天早上打棒球。	You played baseball last morning.	你昨天早上打棒球。
He does homework tonight.	他今晚做作業。	He did homework last night.	他昨晚做作業。
They are good friends.	他們是好朋友。	They were good friends.	他們以前是好朋友。

看相關文法

Lesson 6　be 動詞過去式的變化

Lesson 7　過去簡單式的動詞變化

很久很久以前，在遙遠的大陸角落，有一個糖果國（Candyland）。糖果國的國王有一位漂亮的小公主，這個小公主不喜歡讀書，喜歡到處去玩。她常常跟爸爸說：「爸爸，我昨天 **walked**（走）到後山去，跟兔子還有小花鹿 **played**（玩）。」「爸爸，我上禮拜 **saw**（看，see 的過去式）一位叔叔，**carried**（帶著）好大的棒棒糖喔，我的房間可不可以也放那麼大的棒棒糖？」

糖果國王想幫公主找個好老師，讓公主專心在課業上，於是在城裡貼了公告：「只要是從糖果高級師範大學 **graduated**（畢業）的老師，都可以到城堡來應徵公主的家教。」

一時之間，有好多老師來到了城堡應徵，他們都跟國王說：「我唸書時就 **had**（有，have 的過去式）教學的熱忱，**studied**（讀書）也非常認真，一定可以把公主教好！」

可是糖果公主都不太滿意，她說：「這些老師，以前那麼用功 **studied**（讀書），都沒有出去 **played**（玩），上課一定很無聊，我不要！」

國王這下很頭痛了，他只好改貼一個公告：「只要是從糖果高級師範大學 **graduated**（畢業），而且 **traveled**（旅行）超過三個國家以上的老師，歡迎來應徵公主的家教。」

認識過去簡單式

凡是表示過去時間裡發生的事情，動詞就一定要用「過去簡單式」。像上面的故事裡，糖果公主和國王說出去玩的經歷，還有來應徵的老師介紹自己的過去等，動詞都是使用過去式。過去簡單式的動詞變化我們在上一課已經學過了，大部分是在動詞尾巴加上 -ed，還有一些不合群的動詞是不規則變化。另外，be 動詞的過去式是 was 和 were，大家不要忘記囉！

何時使用過去簡單式

有哪些特別的時候，我們會使用過去簡單式呢？

1. 表示過去一般時間發生的事情時，例如：

   She **saw** a movie last week. 她上禮拜看了一部電影。

   We **traveled** to India last year. 我們去年到印度去旅行。

2. 表示過去的習慣或興趣時，例如：

   I **liked** to play basketball. 我喜歡玩籃球。

   -- 以前喜歡玩籃球，現在可能不喜歡玩了。

   He **was** shy as a child. 他還是孩子時很害羞。

   -- 還是孩子時很害羞，現在可能不再害羞了。

1. 「過去的時間」一定要知道

表示過去時間的詞語有哪些呢？我們在 Lesson 6 提到過，現在來複習一下：

yesterday　昨天

last morning / afternoon / evening　昨天早上 / 昨天下午 / 昨天傍晚

last night / week / month / year / Christmas / century　昨天晚上 / 上禮拜 / 上個月 / 去年 / 上個聖誕節 / 上個世紀

the day before yesterday　前天

three days ago / four years ago　三天前 / 四年前

in 1996 / in the late 80s　在 1996 年 / 在 80 年代晚期

再來多看幾個例句：

Cynthia went to the zoo **yesterday**.　辛西亞昨天去了動物園。

We visited Finland **last Christmas**.　我們去年聖誕節拜訪了芬蘭。

Titanic was a hit movie **in the late 90s**.

《鐵達尼號》是 90 年代末期一部熱門電影。

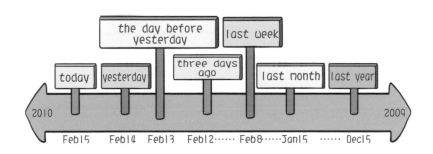

動詞的完成大變身

一句話速記

線上音檔

動詞完成大變身，唸唸咒語轉變碰。

| 現在式 | *cut* | *say* | *sing* |
| 完成式 | *cut* | *said* | *sung* |

我怎麼還是一樣？！　　我變身成功了！　　我也可以變！

文法大重點　英文的一般動詞在現在完成式時，和過去式動詞一樣，通常會在動詞尾巴加 -ed。但有些動詞就是喜歡自己變身。

實例馬上看

	原形	過去式	完成式
規則變化	work（工作）	worked	worked
	study（學習）	studied	studied
	stop（停止）	stopped	stopped
不規則變化	go（去）	went	gone
	begin（開始）	began	begun
	come（來）	came	come
	read [i]（閱讀）	read [ɛ]	read [ɛ]

看相關文法

Lesson 7　過去簡單式的動詞變化

文法輕鬆說

認識完成式動詞

　　「過去式」與「完成式」動詞可以說是兩個好兄弟，過去式動詞是哥哥，完成式動詞是弟弟。過去式動詞喜歡說過去發生的事情，完成式動詞則喜歡說已經完成、已經做好的事情，像是已經做完功課啦、已經打三小時的電腦了啊等等。

規則變化的完成式動詞

　　完成式弟弟喜歡跟著過去式哥哥到處跑，哥哥做什麼弟弟就做什麼。所以，動詞的完成式大變身，變啊變，轉啊轉，砰的一聲還是加上 **-ed** 就可以啦！大部分時候，過去式哥哥是什麼樣子，完成式弟弟就是什麼樣子。例如：

work（工作）（原形） →	worked（過去式） →	worked（完成式）
cook（烹煮）（原形） →	cooked（過去式） →	cooked（完成式）

　　其實聽話的動詞不管怎麼變，都只要在尾巴加上 -ed 就好了。

不規則變化的完成式動詞

　　大家記不記得在 Lesson 7 裡，介紹過一些喜歡和別人不一樣的過去式動詞？既然哥哥都喜歡和別人不一樣，淘氣的弟弟當然也不想要和別人一樣囉！

　　有的時候，完成式弟弟會跟著過去式哥哥擺出相同的樣子。例如：

bring（帶）（原形） →	brought（過去式） →	brought（完成式）

但有的時候啊，弟弟會想跟哥哥唱反調，哥哥怎麼變，我偏偏不要跟他一樣。這種時候，就會出現過去式與完成式不一樣的情況了。例如：

go（去）（原形） →	went（過去式） →	gone（完成式）
wake（醒來）（原形） →	woke（過去式） →	waken（完成式）

天啊，一個英文動詞就有原形、過去式和完成式三種長相，怎麼記得住啊？先別緊張，這裡傳授你四個咒語，多唸幾遍就不會忘記現在完成式的動詞變化囉：

咒語 1：轉、轉、轉

唸了這個咒語的動詞，不管是過去式還是完成式，通通都維持原形，時態怎麼搗蛋都不怕。例如：

cut（剪）（原形） →	cut（過去式） →	cut（完成式）
hit（打）（原形） →	hit（過去式） →	hit（完成式）

咒語 2：轉、變、變

唸了這個咒語的動詞，原形變身之後就只有一個樣子，不管過去式或完成式，長得都一樣。例如：

say（說）（原形） →	said（過去式） →	said（完成式）
buy（買）（原形） →	bought（過去式） →	bought（完成式）

咒語 3：轉、變、轉

這個咒語很厲害，唸了它，原形變身過去式之後，完成式還可以再變回來。例如：

come（來）（原形） →	came（過去式） →	come（完成式）
become（成為）（原形） →	became（過去式） →	become（完成式）

咒語 4：轉、變、碰

這個咒語稍微困難，因為每個變身的樣子都不同，有點像神奇寶貝「傑尼龜→卡咪龜→水箭龜」的三段進化，每次進化都不一樣。例如：

sing（唱歌）（原形） →	sang（過去式） →	sung（完成式）
drink（喝）（原形） →	drank（過去式） →	drunk（完成式）

1. 過去式與完成式怎麼分呢？

　　看到這邊，大家可能會想：「我知道變身咒語了，可是我又該怎麼分辨長得一模一樣的過去式與完成式呢？」這真是個好問題，也是大家很容易搞混的地方。現在，就為大家隆重介紹完成式的超級好伙伴—**have**！

　　只要是現在完成式的句子，動詞前面都會有一個 "have" 或是它的第三人稱變化 "has"。只要看到完成式動詞的超級好伙伴 have / has 出現在他前面，這個句子就是現在完成式不會錯啦！

　　那麼，現在完成式的句子長得怎麼樣呢？什麼時候才會用到現在完成式呢？翻到下一章「現在完成式句型」，馬上就會告訴你！

I have done my homework.
我已經做完我的功課了。

一句話速記

線上音檔

完成動詞表完成，**have / has** 放前面。

鐵路已經完成囉！

have/has ＋ 完 成 動 詞

文法大重點

「現在完成式」的句子用來表示已經做好、已經完成的事情，以「**have / has** ＋完成式動詞（**p.p.**）」的形式呈現。

實例馬上看

過去簡單式		現在完成式	
I called Tom yesterday.	我昨天打電話給湯姆。	I have called Tom.	我已經打過電話給湯姆了。
You wished me happy birthday.	你祝我生日快樂。	You have wished me happy birthday.	你已經祝我生日快樂了。
She studied math last night.	她昨晚學數學。	She has studied math all night.	她已經學了整晚的數學。

看相關文法

Lesson 8　過去簡單式句型

Lesson 9　現在完成式的動詞變化

鄰居伯伯時常問我：「吃飽了沒？」我最近學了英文，想用英文問鄰居伯伯「吃飽了沒」，讓他嚇一跳，但該怎麼說呢？媽媽常問我：「功課寫完了嗎？」我想用最近學到的英文跟媽媽說「我已經寫完功課了」，讓媽媽稱讚我一下，可是這又該怎麼說呢？

認識現在完成式

看過來！想要說「已經做完、已經完成的事情」，就要用「**have** / **has**＋完成式動詞」來表達！你一定想問，一個句子裡怎麼可以有兩個動詞？嘿嘿，have / has 在這裡不是當動詞用喔，它們在這裡是「助動詞」（想要更瞭解助動詞嗎？請看 Lesson 13-16）。所以，想問鄰居伯伯「吃飽了沒」，可以說 "**Have** you **eaten** breakfast / lunch / dinner?"（你吃過早餐 / 中餐 / 晚餐了嗎？）想和媽媽說「我已經寫完功課了」，可以說 "I **have done** my homework."。

「現在完成式」講的是已經發生，而且延續到現在的動作或狀態，它和過去式講過去發生的事情並不一樣。那麼，它和現在簡單式、現在進行式又有什麼不同呢？

【現在簡單式】表示經常或習慣的動作，以及客觀的事實或道理；

【現在進行式】表示此時此刻正在進行的動作；

【現在完成式】表示現在暫時告一段落或已經完成的動作。

何時使用現在完成式

看到這裡，你是否「已經」知道現在完成式如何使用了呢？還不是很清楚嗎？來，我們來看看現在完成式的使用時機：

1. 我已經做好了啊。— 表示「完成」，例如：

   I **have finished** my homework.

   我已經做完我的功課了。

2. 我去過那個地方，我知道那邊長什麼樣子喔。— 表示「經驗」，例如：

   I **have been** to Hong Kong.

   我去過香港。（been 是 be 動詞的完成式。）

3. 我一直在做這件事耶。— 表示「持續不斷」

   （**have / has**＋完成式動詞＋**for / since**＋一段時間），例如：

   I **have studied** for 5 hours.

   你已經讀了五個小時的書了。（for 指「有多久時間」）

   She **has practiced** piano since this morning.

   她從今天早上開始一直在練習鋼琴。（since 指「從何時開始」）

4. 結果就是這樣嗎？— 表示「結果」

   I **have lost** my money.

   我搞丟我的錢了。

1. 現在完成式的疑問句與否定句

大家知道了完成式的樣子是「have / has＋完成式動詞」。在一個句子裡面，動詞只能有一個，所以 have 跟 has 在這裡是友情贊助，是幫助完成式動詞的詞，也就是英文文法裡的「助動詞」。

既然 have / has 是助動詞，它們變成疑問句和否定句的方式也會和有助動詞的句子相同喔。我們還沒有學到助動詞，也還沒仔細地學疑問句和否定句，這裡就先簡單地告訴你囉：

❶ 完成式的疑問句要把 have / has 抓到句子的最前面，例如：

Have you **watched** TV this morning?

你今天早上看電視了嗎？

Has she **taken** a bath?

她洗過澡了嗎？

❷ 完成式的否定句要把說「不要，不是」的 "not" 放到 have / has 的後面，例如：

I **have not done** my homework.

我還沒有寫完我的作業。

The Wang family **has not moved** to Kaohsiung.

王家一家人還沒有搬到高雄。

I will love dad and mom forever.
我會永遠愛爸爸和媽媽。

 mp3★11 一句話速記

線上音檔

未來式，要用 will，原形動詞擺後頭。

I will go to the US.

文法大重點 「未來式」的句子用來表示即將要做、即將發生的事情，以「**will**＋原形動詞」的形式呈現。

 實例馬上看

I **will** love daddy and mommy forever. 我將會永遠愛爹地和媽咪。

You **will** get a present（禮物）tonight. 你今天晚上將會收到一份禮物。

He **will** go to the zoo tomorrow. 他明天將會去動物園。

They **will** visit（參觀）Taipei next week. 他們下禮拜將參觀台北。

 看相關文法

Lesson 5　現在進行式句型

「我未來想當飛行員！」「我想當老師！」「我想當模特兒！」你是不是也有想過，未來想當什麼呢？在英文裡面，表達未來的文法，就要靠 **will**！

認識未來式

will 有「即將，將會」的意思。它像一面照妖鏡，在它後面的動詞，通通都會變回原形。在英文裡面，跟 will 一樣像照妖鏡的詞叫做「助動詞」。在助動詞後面的動詞，通通都會變回原形，就算有孫悟空的七十二變，還是哈利波特的魔法杖，都沒有辦法搞怪。在之後的 Lesson 12 到 Lesson 14 還會介紹助動詞一家的其他成員，只要它們現身，動詞全部都會被打回原形啦！

「will+原形動詞」就是未來式的基本句型，表示即將要做某件事，或是某件事即將發生，例如：

She **will go** to Australia next month. 她下個月要去澳洲。
The new museum **will open** tomorrow. 新的博物館明天將要開幕。

be going to 的用法

表示未來的事情不是只能用 will 唷，還有另一種用法也相當常見，那就是「be 動詞＋going to＋原形動詞」，例如：

I **am going to wash** my car. 我要去洗車。
It's **going to rain** this afternoon. 今天下午將會下雨。

will 跟 be going to 兩個其實有著細微的差別，一般來說，be going to 比 will 更確定，將要做或將要發生的機率高出許多。不過，這個差別十分微小，所以它們之間是可以通用的喔。

記得加上未來時間

我們在講未來的事情時，是不是常常會說：「我長大以後要當醫生。」「我明天要早起。」「我下禮拜要去遊樂園玩。」這邊的「長大以後（when I grow up）」、「明天（tomorrow）」和「下禮拜（next week）」都告訴了別人，我說的不是現在的事情，也不是過去的事情，而是未來的事情喔。所以，使用 will 的時候，要記得加上表示時間的字詞，才能讓別人更清楚你講的是什麼時候的事情唷。

偷偷告訴你

有個助動詞 would 是 will 的過去式，它喜歡跟 like 在一起，因為這樣就可以表達「想要什麼」，句型是「人＋would＋like (to)」，例如：

I would like cookies. 我想要餅乾。
I would like to live in a big house. 我想要住在一棟大房子裡。

既然 would like 可以表示「想要」，那它跟 want（想要）不就一樣了嗎？是啊，would like 和 want 都表示願望和希望，只是 want 說話的口氣比較大，它比 would like 來得直接許多喔。例如：

I would like a hamburger. 我想要漢堡。— 好的，馬上給你！
I want a hamburger. 我要漢堡。— 你要就給你嗎？這麼霸道！

I will be a butterfly!

好可憐的一對翅膀！

文法小診所

1. 未來式的疑問句與否定句

我們一直提到將來會做什麼事情、要做什麼事情，那如果我們不知道會不會做呢？如果我們不會去做呢？應該怎麼說？

❶ 未來式的疑問句和完成式以及其他助動詞句子的疑問句一樣，只要將助動詞 will 移至句首就可以了。例如：

Will you **go** to the movies tonight? 你今晚會去看電影嗎？

Will Sarah **invite**（邀請）me to her birthday party?
莎拉會邀請我去她的生日派對嗎？

❷ 未來式的否定句也和完成式以及其他助動詞句子的否定句一樣，把 "not" 放在 will 的後面就行了。例如：

I **will not talk** to you in the future. 我以後都不會跟你說話了。

They **will not go** abroad（出國）this summer vacation.
他們今年暑假不會出國。

偷偷告訴你

不是每個人都喜歡聽別人說 "not"，我們可以把 will not 稍微省略一些，就不會讓人一直聽到「不…不…不」"not ... not ... not" 了。省略成什麼樣呢？看看這裡：will + not = won't，例如：

He won't have birthday party this year.
他今年不會辦生日派對。
We won't eat garbage food from now on.
我們從現在開始不會再吃垃圾食物。

因為少了 not，句子的語氣聽起來和緩許多了唷。

Can I help you?
我可以幫你嗎？

 一句話速記

可以嗎，**can** 在我前面。我可以，**can** 在我後面。

I can fly.

Can I fly?

can

can

文法大重點　助動詞 **can** 用來表示「能，會」，後面接的動詞一律使用原形動詞。

 實例馬上看

Can I have ice cream? -- Yes, you **can**.

我可以吃冰淇淋嗎？ -- 是的，你可以。

Can you do me a favor? -- Yes, I **can** help you.

你能幫我一個忙嗎？ -- 是的，我能幫你。

Can he read a storybook? -- No, he **can't**.

他會讀故事書嗎？ -- 不，他不會。

　　小凱是個好奇寶寶，喜歡問問題，喜歡嘗試新的事物。小凱學會助動詞 **can** 的用法後，常常問大人：**Can I** ...?（我可不可以…？）

　　小凱的同班同學小美，每天都有不一樣的漂亮衣服穿，小凱就問媽媽：**Can I** buy new clothes?（我可以買新衣服嗎？）當然，媽媽的回答是：No, you can't.（不，你不可以。）小凱的鄰居邦吉，每個禮拜都可以去市區逛街，小凱就問爸爸：**Can I** go downtown?（我可以去市區嗎？）沒想到爸爸竟然對他說：Yes, you can.（是的，你可以。）小凱高興了一下，但爸爸馬上又加了一句話：「等我有空就帶你去。」

　　既然不能出門，小凱只好待在家裡。他看到奶奶拿針線在補襪子的破洞，就問奶奶：**Can I** try?（我可以試試嗎？）奶奶很緊張地說：No, you can't.，她說：「要是弄傷了手怎麼辦呢？不可以的。」

　　無聊的小凱真的很想做點事情，他決定去廚房幫媽媽的忙，可是他卻想不起來「我可以幫妳嗎？」要怎麼說。你能幫小凱說嗎？來吧，一、二、三：**Can I** help you?

認識助動詞 **can**

　　can 和前一課的 will 一樣，都像一面照妖鏡，也就是英文裡的「助動詞」。助動詞是用來幫助動詞的詞，在助動詞後面的動詞，通通都會變回原形。動詞前面加上 can，就有了「能做什麼」或是「會做什麼」的意思，所以 can 的意思就是「能，會」。比較看看下面兩個句子，你就知道句子裡有 can 跟沒有 can 的差別囉：

He **reads** a book.　他看書。
He **can read** a book.　他會看書。

　　第一句的動詞尾巴加了跟屁蟲 -s，表示「他看書」是個習慣或事實；第二句的動詞尾巴沒有加任何東西，反而是動詞前面加了 can，那就表示他已經識字、會看書囉。再看看一組例句吧：

She **eats** cookies. 她吃餅乾。

She **can eat** cookies. 她可以吃餅乾。

　　你看，加了 can，句子就多了「可以」、「能夠」的意思，表示她表現得很好，可以吃餅乾了耶。這樣你懂了嗎？**Can** you understand?

I can eat cake. 我能吃蛋糕。
I can speak English. 我會說英文。

上面兩句的 can 有什麼不同嗎？有的，第一句的 can 是指允許去做某件事情。吃蛋糕不是一個很難的動作，只要沒人反對，不用特別去學就可以吃了吧？第二句的 can 則是指具備做某件事情的能力。英文可不像吃蛋糕那麼簡單，要特別用心學才學得會。可見，can 可以強調「允許」，也可以強調「能力」，兩個涵義不太一樣喔。

文法小診所

1. 用 can 問，就用 can 回答 — 這叫做有始有終！

　　can 是助動詞，是用來幫助動詞的詞，所以不能只有一開始幫忙，之後就不幫忙了吧？就像有人問你「可不可以」時，你一定會回答「可以」或「不可以」。所以囉，用 can 問問題，回答的時候也要用 can 來回答。其他的助動詞（will, should, must，請看 Lesson 11、13 和 14）也是一樣喔！例如：

A：**Can** you help me? 你可以幫我嗎？

B：Yes, I **can**. 是的，我可以。

A：**Can** she play the drums? 她會打鼓嗎？

B：No, she **can't**. 不，她不會。

偷偷告訴你

「不可以」的寫法有三種版本，三種都可以拿來用喔！！

完整版	can not
合體版	cannot
省略版	can't

You should not lie.
你不應該說謊。

線上音檔

一句話速記

應該不應該？ should 說了算。 should 一現身，動詞乖乖站。

You should 用功讀書。

should

文法大重點 助動詞 should 用來表示「應該」，後面接的動詞一律使用原形動詞。

 **實例馬上看**

I should do homework. 我應該做作業。

You should clean your room. 你應該整理你的房間。

He should tell his mother. 他應該告訴他媽媽。

She should practice the violin. 她應該練習小提琴。

They should not skip classes. 他們不應該翹課。

文法輕鬆說

到底應不應該？問 should 就知道了！

「應該」是我們很常用到的詞。我們總是跟別人說：「你應該…。」或者我們常跟爸爸媽媽說：「你們應該多給我一點零用錢。」「你們應該買棟大一點的房子。」我們好像很少很少對自己說「應該」這兩個字，也很少問自己：「這件事情我應不應該做呢？」

認識助動詞 should

should 是助動詞，助動詞是要幫助動詞的詞，所以要站在動詞前面保護動詞。例如：

我應該做作業。

should 的疑問句

遇到「問題」的時候，連站在最前面的主人翁（主詞）都不知道該怎麼辦了，這時候 should 就會跳到最前面，保護大家。例如：

你應不應該唱歌？

我們大家一起努力，從現在開始要求自己，多對自己說「應該」，少對別人說「應該」。我們可以告訴自己：

I should study.　我應該讀書。
I should treat mother and father well.　我應該好好對待爸爸媽媽。

　　做什麼事情之前，也要問問自己這件事情應不應該做。例如：

Should I lie?　我應不應該說謊？
Should I help others?　我應不應該幫助別人？

　　學會分辨「應該 should」與「不應該 should not」，我們就不會做錯事情了。大家都做應該做的好事情，大家就都會開開心心，快快樂樂！

1. should 的否定 shouldn't

遇到否定句的時候，否定句的老大就會出來幫忙。否定句的老大是誰啊？想到否定句你會想到什麼？…沒錯，就是 **not** 啦！

他不應該睡覺。

所以囉，**should not** 可以縮寫成 **shouldn't**。如果遇到不應該做的事情，我們就要告訴自己別去做喔，例如：

I **should not** lie. 我不應該說謊。

I **shouldn't** talk back to teachers. 我不應該和老師頂嘴。

You must listen to me.
你必須聽我說。

 一句話速記

 線上音檔

見到 must 大將軍，動作要做，口令要聽。

You must 敬禮！

文法大重點 助動詞 **must** 用來表示「必須」，後面接的動詞一律使用原形動詞。

 實例馬上看

I **must** stay home this weekend. 我這個週末必須待在家裡。

You **must** study at the library. 你必須在圖書館唸書。

He **must** practice playing football. 他必須練習踢足球。

A bird **must** fly high into the sky. 鳥兒必須高飛在天空。

Fish **must** live in water. 魚必須生活在水中。

認識助動詞 must

　　must 是一位有名的大將軍，他最常做的事情就是「下命令」。動詞小兵們都很尊敬 must 大將軍，只要看到大將軍站在前面，就不敢搗亂，會乖乖用原來的樣子（原形）站好，連最愛跟著動詞的跟屁蟲 -s 和 -es，看到 must 大將軍站在前面，也全都嚇跑了。

　　其實，must 大將軍並不可怕，瞭解他之後，你甚至可以常常請他幫忙。因為 must 大將軍的專長是下命令，所以當你想要命令或是強烈要求別人時，就可以把 must 大將軍請出來。例如：

You **must** clean your bedroom.　你必須打掃你的房間。
He **must** call back right now.　他必須馬上打電話回來。

　　大將軍一定要言行一致，而且也不輕易出動，所以 must 只有一種形式，不隨主詞人稱變動，更妙的是，must 沒有過去式跟未來式，所以與過去跟未來時間結合時，就要靠他的傳令官 **have to** 來傳達他的命令。例如：

I **must** go shopping today.　我今天必須去買東西。
I **had to** go shopping yesterday.　我昨天必須去買東西。
I will **have to** go shopping tomorrow.　我明天必須去買東西。

　　大將軍下命令的時候，當然不只會說「你必須…」。有時候，他也會說「你不必…」。既然「不」出現了，就要請出否定詞老大 **not** 啦。請看：

He **must not** shout.　他絕對不能大叫。
They **mustn't** enter here.　他們絕對不可以進來這裡。

　　should not 既然可以縮寫成 shouldn't，must not 當然也可以縮寫成 **mustn't** 啦。

must 和 should 不太一樣喔。must 像軍人，一個口令一個動作，說一是一說二是二。should 像商人，講話要客氣，不能太直接。所以囉，must 大將軍講話語氣非常強烈，話說出來就一定要做到。例如：

You must sleep. 你必須睡覺。

這時候一定什麼話都不要說，乖乖躺到床上睡覺就對了。
至於 should，因為是商人，所以講話語氣比較和緩，還可以有商量的空間。例如：

You should sleep. 你應該睡覺。

這時候可能可以問：「但是卡通還有十分鐘才演完耶，看完再睡好不好？」

這樣你瞭解 must 的用法以及它和 should 的差別了嗎？你必須瞭解唷，You **must** understand! 因為 must 大將軍是每位學習英文的人都必須認識的喔！

1. must 大將軍的得意助手 — have to

　　have to 是 must 大將軍的首席傳令官，如果 must 大將軍自己不出馬傳達命令，他就會叫 have to 去傳達。動詞小兵們偷偷幫 must 跟 have to 取了個綽號，叫做「必須二人組」，因為他們兩個一出馬，就只有「必須要做」的事情。

　　不過，薑畢竟是老的辣，must 大將軍官階比 have to 大，他下的命令自然比 have to 更加有威嚴。have to 傳令官就不一樣囉，他不像 must 大將軍那麼強勢，他下的命令通常都有正當的理由，也會顧及別人的意見。例如：

You **must** bring an umbrella. 你必須帶一把傘。-- 不要問我為什麼！

It is raining, so you **have to** bring an umbrella.

現在下雨了，所以你必須帶一把傘。-- 我這麼要求你是有道理的！

2. 助動詞大整理

　　我們已經認識五個助動詞囉，你還記得他們是哪些嗎？

do （Lesson 3）	肯定	I do love you.（強調用法）	我真的愛你。
	否定	I don't love you.	我不愛你。
	疑問	Do you love me?	你愛我嗎？
will 將會 （Lesson 12）	肯定	I will go to Japan next week.	我下個禮拜會去日本。
	否定	I won't go to Japan next week.	我下個禮拜不會去日本。
	疑問	Will you go to Japan next week?	你下個禮拜會去日本嗎？
can 能，會 （Lesson 13）	肯定	I can read German.	我會讀德文。
	否定	I can't read German.	我不會讀德文。
	疑問	Can you read German?	你會讀德文嗎？
should 應該 （Lesson 14）	肯定	I should go to bed early.	我應該早睡。
	否定	I shouldn't go to bed early.	我不應該早睡。
	疑問	Should I go to bed early?	我應該早睡嗎？
must 必須 （Lesson 15）	肯定	I must tell the truth.	我必須說實話。
	否定	I mustn't tell the truth.	我絕對不能說實話。
	疑問	Must I tell the truth?	我必須說實話嗎？

Are you ready?
你準備好了嗎？

mp3 ★ 15

線上音檔

一句話速記

想要問問題，乾坤大挪移。**am, are, is** 放前面，問號吊車尾。

要問問題我就在前面。

怎麼會這樣？

文法大重點 英文的「疑問句型」只要將主詞和動詞的位置互換，其餘的不必變動。

	I	am	a student.	我是學生。
疑問句	Am	I	a student?	我是學生嗎？
	You	are	a teacher.	你是老師。
疑問句	Are	you	a teacher?	你是老師嗎？
	He	is	a good boy.	他是個好男孩。
疑問句	Is	he	a good boy?	他是個好男孩嗎？
	We	are	friends..	我們是朋友。
疑問句	Are	we	friends?	我們是朋友嗎？
	They	are	firefighters.	他們是消防員。
疑問句	Are	they	firefighters?	他們是消防員嗎？

變疑問句時，移到句首的 be 動詞，第一個字母記得要大寫，句尾記得要加上問號（？）唷。

文法輕鬆說

你喜歡問問題嗎？我們用中文問問題時，都會在句子最後加一個疑問詞「嗎」，例如：你是老師「嗎」？我可以玩線上遊戲「嗎」？這個「嗎」用英文該怎麼說呢？

認識疑問句

其實英文裡沒有像「嗎」這樣的疑問詞喔，英文的人手比較不夠，所以，問問題時，他們都是請 be 動詞（**am, are, is**）和助動詞（**do, will, can, should, must, would, ...**）來幫忙，扮演「嗎」的角色。怎麼扮演呢？他們不像「嗎」那樣跑到句子的最後面，而是跑到句子的最前面！

因此，當句子裡的動詞是 be 動詞，想要變成疑問句時，be 動詞就會和主詞互換位置，跑到句子的最前面。句子的其他部分有變動嗎？沒有唷，只要記得句子尾巴的句點（.）改成問號（?）就可以囉。

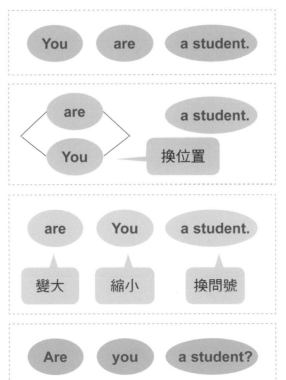

你是一個學生。

你是一個學生嗎？

75

疑問句的回答

　　大家想一想，如果我問你：「你是學生嗎？」你通常怎麼回答呢？是不是會說：「是，我是學生。」或者簡單地說：「是，我是。」還是再簡單一點：「是。」其實，英文也是一樣的喔，一起來看看吧：

Are you a student?　你是學生嗎？

→ Yes, I am a student.　是，我是學生。	・No, I am not a student.　不，我不是學生。
→ Yes, I am.　是，我是。	・No, I am not.　不，我不是。
→ Yes.　是。	・No.　不是。

　　當句子裡的動詞是一般動詞，想要變成疑問句時，是不是直接將一般動詞移到句首呢？不是的喔，這個時候，我們要靠助動詞 **do** 的幫忙。怎麼幫呢？句子的排列不必變動，只要在最前面加上 **do**（**does**, **did**）就可以了。當然，不要忘記將句點改成問號，而且助動詞後面的動詞一定要是原形喔。例如：

　　　　　He lives in Taipei.　他住在台北。

疑問句　**Does** he **live** in Taipei?　他住在台北嗎？

回　答　Yes, he lives in Taipei.（Yes, he does.）是的，他住在台北。

　　　　　She went to the zoo last Sunday.　她上星期天去了動物園。

疑問句　**Did** she **go** to the zoo last Sunday?　她上星期天去了動物園嗎？

回　答　No, she didn't go to the zoo last Sunday.（No, she didn't.）
　　　　　不，她上星期天沒有去動物園。

這樣，你是不是更懂得用英文問問題了呢？常問問題，有益腦筋，記得多問別人問題，才可以學到不少陌生的知識喔。

文法小診所

1. 其他助動詞的疑問句也是一樣嗎？

　　除了上面介紹過的 be 動詞疑問句和 do 疑問句之外，其他的助動詞 will, can, should, must 等也都有疑問句，而且規則也都一樣喔。在句子變成疑問句時，助動詞一樣先跟主詞換位置，再在句尾加上問號就 OK 啦！

will 將會 （Lesson 12）		I will join the poker club.	我會加入撲克牌俱樂部。
	疑問句	Will you join the poker club?	你會加入撲克牌俱樂部嗎？
	否定疑問句	Won't you join the poker club?	你不會加入撲克牌俱樂部嗎？
can 能，會 （Lesson 13）		I can speak four languages.	我會說四種語言。
	疑問句	Can you speak four languages?	你會說四種語言嗎？
	否定疑問句	Can't you speak four languages?	你不會說四種語言嗎？
should 應該 （Lesson 14）		I should give mom a hug.	我應該給媽媽一個擁抱。
	疑問句	Should I give mom a hug?	我應該給媽媽一個擁抱嗎？
	否定疑問句	Shouldn't I give mom a hug?	我不應該給媽媽一個擁抱嗎？
must 必須 （Lesson 15）		I must let you go.	我必須讓你走。
	疑問句	Must I let you go?	我必須讓你走嗎？
	否定疑問句	Mustn't I let you go?	我不必讓你走嗎？

偷偷告訴你

　　不知道怎麼寫疑問句時，就先寫出一般的句子，然後再將主詞與後面的 be 動詞或助動詞換位置（或是在句首加入助動詞 do, does, did），最後再把句號改成問號，就大功告成囉！另外，在造「否定疑問句」時，否定詞老大 not 跟助動詞合為一體才順口啦！只把助動詞放在前面，把 not 留在主詞後面當然也可以，不過這樣講文謅謅的挺麻煩的呢。等一等，否定句還不熟嗎？請翻到下一課！

77

not
擺在哪兒好呢？

 一句話速記

線上音檔

not 跟在 be 動詞後，跑在一般動詞前。

你給我說『不』試試看！

我還是不要到前面去好了！

be 動詞

not

一般動詞

文法大重點 英文的「否定句型」要把否定詞老大 **not** 加在 be 動詞或助動詞之後，一般動詞之前。

實例馬上看

否定詞 not 有「不，沒有」的意思喔。				
I	am		a lazybones.	我不是個懶惰蟲。
You	are		SpongeBob.	你不是海綿寶寶。
She	is	**not**	Cinderella.	她不是灰姑娘。
We	do		live in Bikini Bottom.	我們不住在比奇堡裡。
She	does		take the glass slippers.	她沒有帶走玻璃鞋。
They	did		do the homework.	他們沒有做作業。

be 動詞否定句

否定詞老大 **not** 最有義氣，喜歡路見不平，拔刀相助，是大家的好幫手。每當 be 動詞 am, are, is 想說「不對」或「不是」，但又不知道怎麼說時，not 就會跟在 be 動詞後面幫忙。例如：

I am **not** cool.　我並不酷。

It is **not** a train.　它不是一輛火車。

They are **not** very friendly.　他們並不是很友善。

are, is 可以和 not 合體成為 **aren't, isn't**。

do 動詞否定句

do, does, did 常常答應別人的要求，老是說「我做⋯」，他們有時候也想休息一下，不要什麼事情都答應別人，但又不知道該怎麼拒絕。這時候 not 就會伸出援手，跟在 do, does, did 的後面，幫他們講「我不做⋯喔」。例如：

I **do not** read comic books.　我不看漫畫書。

He **does not** watch TV.　他不看電視。

We **did not** go to bed late last night.　我們昨晚沒有晚睡。

do, does, did 可以和 not 合體成為 **don't, doesn't, didn't**。

其他助動詞否定句

will, can, should, must 常常叫人做事情，都跟別人說「你將要⋯」、「你能夠⋯」、「你應該⋯」、「你必須⋯」，但他們有時也想阻止別人，可是又不知該怎麼說，這時候 not 又會跳出來幫忙了。他跟在 will, can, should, must 的後面，就可以跟別人說「你不會⋯」、「你不能」、「你不應該⋯」、「你必須不要⋯」了。例如：

I	will		skip classes.	我不會翹課。
You	can	not	skip classes.	你不可以翹課。
He	should		skip classes.	他不應該翹課。
She	must		skip classes.	她絕對不可以翹課。

will, can, should, must 都可以和 not 合體成為 **won't**, **can't**, **shouldn't**, **mustn't**。

　　你們看，否定詞老大 not 是不是很樂於助人呢？要好好記住 not 的用法與意思，就能掌握否定句型囉。

　　am, are, is 加 not ─ 不是

　　do, does, did 加 not ─ 不做

　　can, must, should 加 not ─ 不行

文法小診所

1. 否定詞老大 not 的兩大絕招

否定詞老大 not 有練過武功，他出手幫人時，常會用兩個絕招：

❶ 否定第一式：雙龍出海

not 跟需要幫忙的朋友一前一後站好，就像兩條神龍一起出擊。例如：

I **am not** a pianist. 我不是一位鋼琴家。

She **does not** like dolls. 她不喜歡洋娃娃。

❷ 否定第二式：神龍吐珠

not 跟需要幫忙的朋友會合為一體，這時，not 會把肚子裡的 "o" 吐出來，就像神龍吐出珍珠一樣，再把它縮小成一顆飯粒留在嘴巴上（be 動詞的縮寫也有類似的情況哦！請看 Lesson 1 的文法小診所第二點）。例如：

You **aren't** a pianist. 你不是一位鋼琴家。

She **doesn't** like dolls. 她不喜歡洋娃娃。

偷偷告訴你

I am not 在正式場合裡一般不會用「神龍吐珠」這個絕招，所以沒有 amn't 這樣的縮寫喔。不過，口語裡還是有 ain't 這種說法，它其實就等於 am not。

There is milk on the floor.
地板上有牛奶。

一句話速記

有一個就用 there is，有好多就用 there are。

There *is* a bird.

好擠喔！

are three birds.

文法大重點 there is / are 的句型用來表示「有…」。當後面接的名詞是單數可數名詞或不可數名詞時，用 there is；當後面接的名詞是複數可數名詞時，就用 there are。

實例馬上看

（單數可數名詞）

There is a book on the desk. 書桌上有一本書。

There is a bird on the tree. 樹上有一隻鳥。

（不可數名詞）

There is sugar in the coffee. 咖啡裡有糖。

There is milk on the floor. 地板上有牛奶。

（複數可數名詞）

There are books on the desk. 書桌上有一些書。

There are birds on the tree. 樹上有一些鳥。

文法輕鬆說

認識 there is / there are

　　there 與 are, is 兩位劍客可說是超級死黨喔（am 只喜歡跟 I 一起玩，所以不會跟 there 一起出現），只要有什麼東西，他們一定會一起分享。所以，不管是人、事、時、地、物，講到「有…」，就會有 there 與 are, is 的出現喔。你看：

人：**There are** four people in my family.　我家有四個人。

事：**There is** an accident.　有一場事故。

時：**There are** two days before Christmas.　離聖誕節還有兩天。

地：**There is** a park around the corner.　轉角有一座公園。

物：**There is** a lunchbox in my bag.　我的袋子裡有一個便當盒。

there is / are 的否定句和疑問句

　　表示「沒有…」時，在 there is / are 的後面加上 **not** 或 **no** 就可以了。表示「有…嗎」的疑問時，就將 there is / arc 顛倒過來，把 be 動詞移到句首。這時可以加 **any** 這個字，強調「任何」這個意思喔。我們一起來看看例句：

▲否定句

　　There is not a book on the desk.　書桌上沒有一本書。

　　There are no books on the desk.　書桌上沒有書。

　　There is no sugar in the coffee.　咖啡裡沒有糖。

◆疑問句

　　Is there a book on the desk?　書桌上有一本書嗎？

　　Are there any books on the desk?　書桌上有任何書嗎？

　　Is there any sugar in the coffee?　咖啡裡有任何糖嗎？

認識 there was / there were

在 Lesson 6 裡，我們介紹了 be 動詞的雙子星 **was** 和 **were**，它們都可以表示過去的事情。所以囉，there is / are 說的是「現在有…」，**there was / were** 說的就是「過去有…」，它們的用法和 there is / are 一模一樣唷。例如：

There is a bird on the tree. 樹上有一隻鳥。
There was a bird on the tree. 樹上本來有一隻鳥。

There are restaurants on the street. 街上有一些餐廳。
There were restaurants on the street. 街上本來有一些餐廳。

文法小診所

1. there is / are 和 have / has

　　說到「有」，大家是不是也想到了 **have / has** 這兩個字啊？它們也是「有」的意思，has 是 have 第三人稱單數的寫法。你知道 have / has 它們跟 there is / are 有什麼不一樣嗎？我們先來看看例句：

> **I have** a book.　我有一本書。
> **There is** a book.　有一本書。
> **He has** two watches.　他有兩支手錶。
> **There are** two watches.　有兩支手錶。

　　發現了嗎？have / has 的「有」是「我有、你有、他有」，前面都有一個主人。可是 there is / are 的「有」只是告訴人家這邊有東西，但是不知道東西的主人是誰。來看看這個對話吧：

Happy：There is a pen on the desk.	黑皮：書桌上有一支筆。
Joy　：I have the same pen.	喬伊：我也有一模一樣的筆耶。
Happy：Maybe that pen is yours.	黑皮：也許那支筆是你的。
Joy　：No, there are stickers on my pen.	喬伊：不是，我的筆上面有一些貼紙。

看到了嗎？因為黑皮不知道桌上的筆是誰的，所以他用 there is / are 的句型。喬伊說她也有一模一樣的筆，所以她用 have / has 的句型。因此，要記住：

有提到東西的主人就用 have / has，例如：I have a dog.（我有一隻狗。）
沒有提到東西的主人就用 there is / are，例如：There is a dog.（有一隻狗。）

Let's dance!
我們來跳舞吧！

一句話速記

線上音檔

Let's ... Let's go go go，原形動詞在後頭！

文法大重點　「**Let's**＋原形動詞」的句型表示「我們…吧」的提議。

實例馬上看

Let's go!　我們出發吧！

Let's dance!　我們來跳舞吧！

Let's play!　我們來玩吧！

Let's not go!　我們不要走啦！

Let's not dance!　我們不要跳舞啦！

Let's not play!　我們不要玩啦！

看相關文法

Lesson 26　使役動詞的介紹

文法輕鬆說

認識祈使句

Let's study!（我們來讀書吧！）**Let's** ... 是「祈使句」的一種。什麼是祈使句呢？祈使句就是「下達命令」的句子，簡單來說就是口令啦。例如：

Stand up.　起立。
Sit down.　坐下。

這些口令的特點是裡面的動詞都要使用原形動詞。因為這是命令、口令，大家都要乖乖聽話，不能變來變去的，所以要用原形動詞，動詞的跟屁蟲 -s 和 -es 也都被嚇跑了，不會出現。

一般的口令可能是對大家說的，例如老師進教室，班長會喊 Stand up.（起立。）Bow.（敬禮。）Sit down.（坐下。）這些口令是對班上每個人說的。可是有一些口令是針對某個人說的，這時就會在句子的前面或後面加上人名，例如：

Go home, Peter.　回家了，彼得。
Mary, **do not** open the door.　瑪麗，不要把門打開。
Don't smoke, Kevin.　不要抽煙，凱文。

如果想要求別人ㄅ要做某事，不管對誰說，都可以用 do 這個助動詞。當然，不要忘記加上否定詞老大 not 囉。

認識 let's

let's 則是對「我們」說的，他是 **let** 和 **us**（we 的受格，請看 Lesson 32）的結合。let 本身是「讓」的意思，當作一般動詞在使用。當 let 和 us 合體變成 let's 時，就可以表示「讓我們做某件事」的意思。所以，只要看到 let's 開頭的句子，不管是口令或是建議，都是對「我們」說的。例如：

Let's go to the movies. 我們去看電影吧。

Let's not close the windows. 我們別關窗吧。

　　let's 就像是一個班級的班長，他要帶領全班同學，所以他很常放在句子的最前面喔。當然，既然是祈使句的一種，Let's ... 後面接的動詞一定要是原形動詞才行唷。

偷偷告訴你

你可能不知道什麼是 us，對吧？us 代表「我們」，是接受動作的人（看一看 Lesson 32）。在英文裡，「我們給他一些食物」跟「他給我們一些食物」，兩句的「我們」寫法不一樣喔。前面的「我們」是 "we"，文法上稱為「主格代名詞」；後面的「我們」則是 "us"，文法上稱為「受格代名詞」。雖然兩個寫法不同，可是意思是完全一樣的喔。關於代名詞在句子裡不同位置的不同寫法，文法小診所裡會先告訴你哦。

1. let 的祈使句用法

Let's ... 是「我們來…」的意思，是 let us 的合體，let 本身則有「讓…」的意思。當只有 let 時，也可以成為祈使句唷，而且這個命令可以講給不同的對象聽，不僅僅是講給「我們」聽而已。例如：

Let me know.　讓我知道吧。
Let them join.　讓他們加入吧。

用 let 來下口令也跟 let's 一樣，要用沒有跟屁蟲的原形動詞。let 後面跟的「人」，要用「接受動作的人」（受格代名詞），不能用「發出動作的人」（主格代名詞）喔。

什麼是發出動作的人啊？發出動作的人就是：I, you, he, she, it, we, you, they。這些是一般的我、你、他、她、它、我們、你們、他們。例如：

I take a shower.　我洗澡。　-- 我做出洗澡的動作。
They eat pizza.　他們吃披薩。　-- 他們做出吃的動作。

接受動作的人呢？我們先來看例句：

Give **me** a coin.　給我一個硬幣。
Tell **her** the secret.　告訴她這個祕密。

這邊的我和她都是「接受動作」（被給、被告訴）的人，所以要改變樣子，才能接受動作喔。接受動作的人還有哪些呢？看看這裡：

	我	你	他	她	它	我們	你們	他們
發出動作的人	I	you	he	she	it	we	you	they
接受動作的人	me	you	him	her	it	us	you	them

89

It is fine today.
it 是指什麼呢？

一句話速記

不要頭重又腳輕，就靠 it 當替身。

文法大重點 代名詞 **it** 可以置於句首，用來代替句子後面敘述的內容，避免句子會有頭重腳輕的狀況。

 實例馬上看

It is good to learn new things.　學習新事物很好。

It is nice to have you with me.　有你陪我真好。

It is not good to lie.　說謊是不好的。

It is not nice to be angry.　生氣並不好。

（這裡的 to，是為了避免一個句子裡的兩個動詞對碰起衝突，才出現的好好先生。在文法上，他被稱為「不定詞」。在他後面的動詞，都必須是原形動詞。）

it 作主詞的句型

it 是替身忍術的傳人，他除了指「它，牠」之外，還可以代替很長很長的敘述內容，讓句子不要頭重腳輕。他的替身忍術可是一流的，不管多長的句子，他都可以施展替身忍術，讓大家迅速看得懂句子的意思。

當作替身的時候，it 本身是沒有意思的，它只是代替句子後面的敘述，因此也可以說，it 就等於句子後面敘述的內容。例如：

It is fine today.　今天天氣很好。

-- 這邊的 it 就等於 today（今天）。

It is nice to chat with you.　跟你聊天很好。

-- 這邊的 it 就等於 to chat with you（和你聊天）。

因為施展了替身忍術的 it 本身並沒有意思，只代替之後敘述的句子，所以我們稱呼 it 為「虛主詞」。

因為 it 是替身，代替了後面的句子，因此不管之後的句子怎麼寫，站在前面的都只有替身 it，be 動詞三劍客也只可以用 **is** 跟在 it 後面。我們可以把被代替的句子想像成「一個東西」，不管裡面提到幾個人，講到幾件事情，it 通通代替了這一整個句子，所以只需要用單數的 is 就可以了。例如：

It is bad to play with Sherry, Tina and Kevin.
和雪莉、蒂娜還有凱文玩真是糟透了。

it 是對 to play with Sherry, Tina and Kevin 這一整個句子施展替身忍術，所以雖然有 Sherry, Tina 和 Kevin 三個人，也要用 it is，不可以用 it are 喔！

為什麼 it 要作主詞

為什麼句子要用 It is 開頭呢？其實啊，這樣做是為了不要讓句子「頭重腳輕」。

大家想一想，如果一個人的頭很大很大，腳卻好小好小，這樣怎麼走路呢？句子也是一樣啊，如果一個句子前面好長好長，後面重點卻好短好短，這樣大家都沒耐心看了。為了避免這種情況，我們就要讓 it 當替身，代替好長好長的敘述，以避免句子頭重腳輕看不懂。例如：

It is good to learn new things. 學習新事物很好。

這邊的 it 代替了 to learn new things。如果不讓 it 當替身，句子就會變成：

To learn new things is good.

前面好長好長，看到最後才知道，喔～原來這樣做很好。如果用 it 當替身放在前面，我們就可以知道：這件事情很好（It is good ...），什麼事情很好呢？學習新事物（... to learn new things.）。再看一個例句：

It is nice to have you with me. 有你陪我真好。

用 it 代替 to have you with me，重點更明顯，也不會頭重腳輕。

1. 疑問句跟否定句也可以施展替身忍術嗎？

it 是替身忍術的傳人，不管是肯定句、疑問句還是否定句，他通通都可以施展替身忍術，施展的速度快到你都不會發現呢！

it 作虛主詞使用在疑問句時，只要將 It is 顛倒過來變成 Is it 就可以了。例如：

Is it bad <u>to wash hair every day</u>?　每天洗頭不好嗎？

Is it okay <u>to eat in the library</u>?　在圖書館裡吃東西可以嗎？

it 作虛主詞使用在否定句時，只要在 It is 的後面加上否定詞老大 not 就可以了。例如：

It is not good <u>to cheat in exams</u>.　考試作弊不好。

It is not wise <u>to go there on foot</u>.　走路去那裡並不聰明。

其實不要句子後面畫線的部分，句子也是成立的。只是這樣子的 it 就沒有施展替身忍術，這時的 it 就是主角，不是替身了。

Is **it** bad?　這不好嗎？

Is **it** okay?　這可以嗎？

It is not good.　這並不好。

It is not wise.　這並不聰明。

it 的替身忍術就是從上面這樣簡單的句型變化出來的，只要把要代替的東西加在後面，it 就可以施展替身忍術囉！

Lesson 20 （假設句型）

If there weren't any schools, we would have no homework
如果沒有學校，我們就不會有作業囉！

一句話速記

如果我是個老師，If 加上過去式。

If I were a teacher

今日作業：
打電動

又在作白日夢了！

文法大重點　假設句型用來表示「如果…」。若是和現在事實相反的假設，就要使用「If＋人＋過去式動詞, 人＋過去式的助動詞（would / could / should）...」的句型。

實例馬上看

If I **were** a bird, I **could** fly. 如果我是一隻鳥，我就可以飛了。

If you **studied** hard, you **would** get good grades.

如果你用功唸書，你就可以得到好成績了。

If I **were** a teacher, I **could** get 100 on every test.

如果我是老師，我每次考試都可以拿 100 分了。

看相關文法

Lesson 7　過去簡單式的動詞變化

Lesson 12　助動詞 can

Lesson 13　助動詞 should

與現在事實相反的假設

　　你是不是常常會想像一些事情呢？比如：「如果可以住在一間糖果屋裡面⋯」、「如果我會飛⋯」、「如果可以不必上學⋯」。有想像力才有創造力，許多發明家和探險家，都是從「如果⋯」的想像裡面，慢慢研究、發現，才讓「如果⋯」成真的喔！

　　說中文時，我們會用「如果⋯」來讓大家知道這是我們假設的事情；說英文時，要表達假設就得用到 **If ...**。只要看到 If ... 開頭的句子，就是假設的事情。不過在英文裡面，發揮想像力要用「過去式」，成真了之後才可以用「現在式」喔。因為想像是從我們的腦袋裡想出來的，是跟現在大家知道的事情相反的，所以要用過去式（大家都不知道，只有我想到，所以一定要用過去式，別人才知道我與眾不同喔！）。

　　比方說，我曾經想：「如果我中了樂透，我就可以買一輛車了。」這句話用英文該怎麼說呢？

If I **won** the lottery, I **could** buy a car.
如果我中了樂透，我就可以買一輛車了。

　　可惜，我現在沒有中樂透，所以無法買車。因為是和現在的事實相反，所以動詞都是用過去式（won 是 win 的過去式，could 是 can 的過去式）。

　　又比方說，我曾經想：「如果沒有學校，我們就不會有作業囉。」這樣不就可以一直出去玩了嗎？好的，這句該怎麼說呢？

If there **weren't** any schools, we **would** have no homework.
如果沒有學校，我們就不會有作業囉。

　　當然，現在的我除了假日外，每天都必須上學，每天都有新的功課。因為是和現在的事實相反，所以動詞都是用過去式（be 動詞 were 是 are 的過去式，would 是 will 的過去式）。

與過去事實相反的假設

　　樂透獎券開獎的時候，我們是不是常常聽到：「如果當時選 xx 號，現在就中大獎啦！」當我們在看改好的考卷時，是不是也常常說：「如果當時選 A，現在分數就多兩分了！」這些句子用到的就是與過去事實相反的假設語氣。

　　若是要表達「與過去事實相反的假設」，句型就和上面「與現在事實相反的假設」不太一樣囉。上面與現在事實相反的假設句型，動詞使用的是「過去式」；這裡與過去事實相反的假設句型，動詞使用的則是「過去完成式」。它的句型是這樣的：

If＋人＋had＋動詞的完成大變身, 人＋would / could / should＋
have / has＋動詞的完成大變身

這樣的句子翻成中文就是「如果當時…的話，就可以…了」。例如：

If I had had a hundred dollars, I would have bought that shopping bag.
如果我當時有一百元的話，我就會買那個購物袋了。

If I had bought that shopping bag, I could have put all my grocery in it.
如果我當時買了那個購物袋，我就可以把所有買的東西都放進去了。

文法小診所

1. 許願也可以用假設語氣 — I wish 句型

我們為什麼會許願呢？一定是因為我們現在沒有這個東西，才會許願希望以後會有。這種「與現在事實不一樣的願望」，也可以用本課介紹到的假設語氣喔！

不過許願的時候，就不用 If ...（如果…）開頭了。想一想，許願的時候通常會怎麼說？不就是 I wish ...（我希望…）嗎？

I wish I could have a robot. 我希望我可以有一個機器人。
I wish I could have Christmas presents. 我希望我可以有聖誕禮物。

你看，和現在事實相反的想像跟願望，都要用過去式喔！

2. 如果你考得好，就買玩具給你 — 有條件的假設

在中文裡面，假設都只要用「如果…」開頭就好了，動詞不必改變。英文雖然也是用 If ... 開頭，可是動詞的形態就有很多了喔。這邊介紹的「有條件的假設」，也是非常常用的一種假設方法。這種方法也有固定的句型，而且會用到我們學過的未來式：

If＋人＋現在式動詞，人＋未來式助動詞（will）...

If you **study** hard, you **will** get presents.
如果你努力讀書，你就可以得到禮物。
If I **practice** often, I **will** have good performance.
如果我常常練習，我就可以有好的表現。

在這個有條件的假設裡，前面一句話是現在的事情（條件），後一句話則是還沒發生的事情（未來的獎勵）。像第一個例句，If you study hard 是條件，如果你「現在」努力讀書，「將來」就可以得到禮物 you will get presents（獎勵）囉。

The vase is broken by me.
花瓶是被我打破的啦！

mp3 ★ 21

線上音檔

蛋糕蛋糕被誰吃，**be** 動詞加過去分詞。

文法大重點 被動句型用來表示某人或某物被另一人或另一物影響及改變的情況，通常是以「**be** 動詞＋過去分詞（p.p.）」的形式呈現。

實例馬上看

主動		被動	
I break the vase.	我打破花瓶。	The vase is broken by me.	花瓶被我打破。
Mother beats me.	媽媽打我。	I am beaten by Mother.	我被媽媽打。
You turn on the TV.	你打開電視。	The TV is turned on by you.	電視被你打開。
Heidi eats this cake.	海蒂吃這個蛋糕。	This cake is eaten by Heidi.	這個蛋糕被海蒂吃。

看相關文法

Lesson 1　be 動詞現在式的變化

Lesson 9　現在完成式的動詞變化

「嗚－嗚－嗚－」

琪琪聽到弟弟的哭聲，過來問弟弟他怎麼了。

「我被媽媽打。」弟弟委屈地說。

「你為什麼會被媽媽打呢？」琪琪關心地問。

「因為我被花瓶打破了。」弟弟說。琪琪露出疑惑的表情。

「是『你』被『花瓶』打破了，還是『花瓶』被『你』打破啦？」琪琪笑著問弟弟。

「哎唷－，我不跟妳講話了啦。反正，我的『心』也碎了。」弟弟生氣地說。

「好，好，好，」琪琪安慰弟弟說，「故事書多看一點，偶像劇少看一些。什麼心碎心痛的，你才讀幼稚園大班耶！」

認識被動句型

故事裡的弟弟因為打破花瓶而被媽媽打，他可以和姐姐琪琪說：「我打破花瓶了。」當然也可以說：「花瓶被我打破了。」

第一種說法「我」（做動作者）在前面，「花瓶」（接受動作者）在後面，這種句型稱為「主動句型」。

第二種說法「花瓶」（接受動作者）在前面，「我」（做動作者）在後面，這種句型稱為「被動句型」。使用被動句型時，要小心別跟弟弟一樣，把做動作的人跟接受動作的東西放錯位置了，變成像「我被花瓶打破了」這種讓人聽不懂的句子囉。

被動句型可以分成三個部分，我們一起來看看吧：

The TV is turned on by me.　電視被我打開。

（第一部分）人、事、物＋am, are, is 三劍客

　　　　　The TV is ...

　　　　　在被動句型裡，「接受動作」的東西要先講，放在句首。

（第二部分）am, are, is 三劍客＋動詞的完成大變身

... is turned on ...

被動句型的動詞一定要用完成大變身之後的動詞，也就是「完成式動詞」喔。而且，在完成式動詞前面，還要加上 be 動詞三劍客。選擇哪一個 be 動詞呢？當然要看 be 動詞前面「接受動作的人或東西」是什麼囉。這一句裡接受動作的是電視，是第三人稱單數，be 動詞當然就用 is。

（第三部分）動詞的完成大變身＋**by**＋做動作的人

... turned on by me.

by 後面加上做動作的人，就知道「兇手」是誰囉！如果不知道是誰做的，不加上人也可以喔，這時整個句子就會變成 The TV is turned on.。

偷偷告訴你

在被動句型裡，am, are, is 三劍客也有時態變化喔。如果動作發生的時間是在過去，就要改用過去式 be 動詞 was 和 were。例如：

I was beaten by Mother last night. 我昨晚被媽媽打了。
The TV and the sofa were bought last year.
電視和沙發都是去年買的。

文法小診所

1. 為什麼要使用被動句型呢？

我們一般都使用主動句型，為什麼還要用被動句型呢？這主要有幾個原因：

❶ 不知道做動作的人是誰

在主動句型裡，例如 Brian broke the vase.（布萊恩打破了這個花瓶。）我們很清楚地知道布萊恩就是打碰花瓶的「兇手」。但有些時候，我們不知道做動作的人是誰，這時就可以使用被動句型，將接受動作者放在句首強調，而不去提做動作的人。當然，被動句型還是可以用「by＋做動作的人」來指出「兇手」唷，例如：

Cindy：Miss Li, the glass was broken.	辛蒂：李老師，玻璃杯被打破了。
Miss Li：Who did this?	李老師：是誰做的？
Johnny：The glass was broken by Tom.	強尼：玻璃杯被湯姆打破了。

❷ 做動作的人不重要時

當做出動作的人不是句子的重點時，通常會用被動句。為什麼做動作的人不是重點呢？看看下面這個對話吧：

Minnie：I want to eat ice cream.	米妮：我想吃冰淇淋。
Mommy：The ice cream was eaten up.	媽咪：冰淇淋被吃掉了。
Minnie：Can we buy another one?	米妮：我們可以再買一個嗎？

這個對話裡面，媽媽只是要告訴米妮「冰淇淋被吃掉了（所以沒有了）」，被誰吃掉的其實已經不是重點了（反正都吃光了）。這個時候就可以使用被動句型。

❸ 這件事不是我說的，是大家都這麼說喔 — 表達客觀的立場

報紙、新聞、報告裡通常都有許多被動句型，這是因為那些是經過許多人證實過的消息與結論，不是一兩個人隨便說說就講出來的，例如：

Evening news: the running prisoner **is caught**.

晚間新聞：逃跑的囚犯被抓到了。

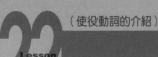

（使役動詞的介紹）

make, have, let
叫你做就做，再不聽話我就⋯

線上音檔

make, have, let，叫我做，讓我學，使我累得呼呼大睡。

　「使役動詞」用來表示「叫、讓、使」別人做什麼事情，後面的動詞必須使用原形動詞。

Teacher **has** Tom go to the office. 老師叫湯姆去辦公室。

My parents **let** me buy a new cellphone. 我的父母讓我買一支新手機。

The soap **makes** him slip. 肥皂讓他跌倒。

Junk food **makes** me become fat. 垃圾食物讓我肥胖。

Lesson 32　人稱詞受格變化

文法輕鬆說

「奉天承運，皇帝詔曰」，古時候讀聖旨的人開頭都會這麼說，意思是這個命令是皇帝下達的，不是我亂說的喔。接著那個人就會開始唸內容：

「狀元葉百分，頭腦聰明，熱心助人，朕特將十四格格許配予你。」

聽命令的人是狀元葉百分，命令的事情就是娶公主囉！如果這個聖旨是用英文唸的，一定會用到含有「使役動詞」的句子。它會告訴狀元葉百分誰是「下命令的人」、「聽命令的人」，還有「命令要做的事情」，也就是：「皇帝」讓「葉百分」去「娶公主」。

認識使役動詞

使役動詞就像是忠心的傳令官，負責傳遞命令。因為命令都是非常重要的，所以使役動詞後面接的動詞都要使用原形。上面故事裡，「皇帝讓葉百分去娶公主」裡的「讓」就是使役動詞的一種。「讓」後面有「娶」公主這個動作，這是要求別人做到的事情。在英文裡，最常見的使役動詞，非 **make**, **have**, **let** 莫屬了。

使役動詞的句型

使役動詞和助動詞一樣，後面接的動詞都必須是原形，而且使役動詞自己會依據時態改變型態，就像傳令官可能是不同的人，但所傳的命令是一樣的唷。我們來看幾個例句：

I go home. 我回家。
Mother **makes** me go home. 媽媽叫我回家。

You stand up. 你站起來。
Teacher **has** you stand up. 老師叫你站起來。

多了 make 和 has，我們就知道是誰叫我們做動作了。

I laugh. 我笑。

Cartoon **makes** me laugh. 卡通讓我笑。

You cry. 你哭

Drama **has** you cry. 戲劇讓你哭。

多了 make 和 has，我們就知道是什麼讓我們做出反應了。

所以說，當我們想要講「誰讓（叫、使）某人做什麼事、產生什麼反應」的時候，就可以使用使役動詞來造句。

文法小診所

1. 再次為你介紹，使役動詞的陣容 — 哪些是使役動詞呢？

make

> 第三人稱單數變化：make → makes
>
> 三態變化（現在式—過去式—過去分詞）：make → made → made

have

> 第三人稱單數變化：have → has
>
> 三態變化：have → had → had

let

> 第三人稱單數變化：let → lets
>
> 三態變化：let → let → let（動詞的三種型態都一樣！）

2. 使役動詞的稱號 — 三大使役動詞的中文解釋

我們知道 make, have, let 這三個是主要的使役動詞，可是他們的意思都一樣嗎？其實他們都有「叫，讓，使」的意思喔。他們雖然是三個長相不同的傳令官，可是目標都是一樣的，要傳遞命令，使人或物做出反應。所以不管是哪一個使役動詞，意思都是一樣的喔！既然這樣，最常見的解釋是哪些呢？

❶「叫」

Father makes / has / lets Jerry do his homework. 爸爸叫傑瑞寫作業。

❷「讓」

Shampoos make / have / let our hair shine. 洗髮精讓我們的頭髮閃亮。

❸「使」

Exercise makes / has / lets people become healthy. 運動使人變得健康。

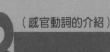

hear, see, feel
用心聽，用心看，用心去感受！

線上音檔

mp3 ★ 23 一句話速記

感官動詞接原形，動詞 -ing 也可以。

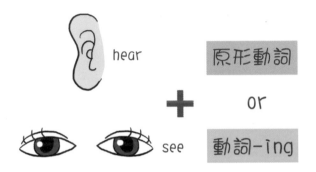

hear

原形動詞

＋

or

see

動詞-ing

文法大重點 和人體器官所做出的動作有關的動詞稱為「感官動詞」。感官動詞後面可以接原形動詞或是動詞 - ing 的形式。

實例馬上看

I **hear** Tom sing.　我聽見湯姆在唱歌。

He **heard**（hear 的過去式）someone singing in the kitchen.

他聽見有人在廚房唱歌。

I **see** Joy laugh.　我看見喬依笑了。

She **saw**（see 的過去式）someone laughing at a monkey.

她看到有人在嘲笑猴子。

I **feel** the wind blowing.　我感覺風正在吹。

文法輕鬆說

又是一個只上課半天的快樂日子。

阿吉和往常一樣，一放學就馬上衝出教室。在回家的路上，阿吉聽到小鳥們正在樹上唱歌（He **hears** birds singing in the trees.），牠們的心情就和他一樣愉快。

阿吉經過平常最愛去的飲料店，他看到飲料店老闆的小女兒露西正在哭（He **sees** Lucy crying.）。阿吉問露西為什麼這麼傷心，露西跟他說：「我最喜歡的洋娃娃掉了。」阿吉安慰露西：「露西不哭，妳聽到小鳥們正在樹上唱歌嗎？（Do you **hear** birds singing in the trees?）牠們好快樂，妳也要很快樂喔。」露西看了看樹上，結果哭得更大聲了。她和阿吉說：「我最喜歡的洋娃娃就是掉到那棵樹上了啊…」

認識感官動詞

hear, **see** 還有 **feel**，你有沒有發現這三個動詞都和身體的某個器官有關呢？是的，hear 和「耳朵」有關，屬於聽覺。see 和「眼睛」有關，屬於視覺。feel 則和「皮膚」或「整個身體」有關，屬於觸覺或整體感覺。以上這些和人體器官所做出的動作有關的動詞，我們把它們歸類為「感官動詞」。

感官動詞有什麼特別的嗎？因為它代表著以某種形式接受某個人或物的動作，比如說「看到馬在跑」、「聽到鳥在叫」、「感覺到心臟在跳」，所以在感官動詞的後面，時常還會有另一個動詞出現。

感官動詞的句型

問題來啦，如果說：「我看到馬在奔跑。」這邊的「看到」要用 see 大家已經知道了，可是後面的「奔跑」要用 run 還是 running 呢？

I see the horse **run**. 我看到馬奔跑了。

-- 這邊的 run 是原形。

I see the horse **running**.　我看到馬在奔跑。

-- 這邊的 run 有加上 -ing 進行曲。

　　其實這兩句都可以唷，感官動詞後面可以接原形動詞或是動詞 - ing 的形式。想一想，感覺一定都是當下最直接而且最單純的，所以後面接的動詞不要再加跟屁蟲 -s 或 -es，也不要用過去式或過去分詞囉。如果是要特別強調聽到、看到或感覺到的事物正在動作中，就可以為感官動詞後面的動詞譜上 -ing 進行曲唷，例如：

Patty hears the birds **sing**.　佩蒂聽到鳥兒在唱歌。

I feel my heart **beating**.　我感到我的心臟在跳。

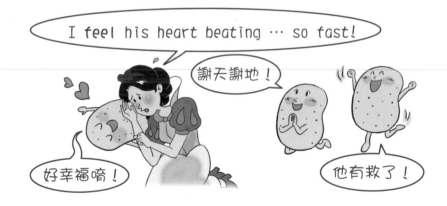

文法小診所

1. look, watch 跟 see。不都是「看」嘛！有什麼不一樣？

　　look, watch 跟 see 在中文裡都可用「看」解釋，但是在英文裡，它們「看的方式」不一樣喔。

❶ look

Tony, **look at** me. 東尼，看我這裡。

　　look 通常是指短時間、有目的的看。比如老師說：「看向黑板這裡，這題的答案是…。」媽媽說：「看我這裡，為什麼每次都要我…。」這裡的「看」都可以用 look 表達。而且看東西、看人的時候，後面都要跟著 **at**。另外，當我們想讓人轉移注意力時，常常會說：「看！（Look!）有明星耶！」這個看也是用 look，不過因為後面沒有任何人或東西，所以不用加 at，這點不要搞混囉。

❷ watch

You need to do your homework before you **watch** TV.
你看電視之前必須先做作業。

　　watch 通常是指長時間、對著變動的畫面持續地看。像是看球賽、看電影、看電視這些動作，我們會一直集中注意力去看的情況，就要用 watch。

❸ see

I **see** your father walk in the door. 我看到你爸爸進門囉。

　　see 通常是指無目的、不經意的看，而且一定得是「看到了」才行。比如，我看向黑板（look at the blackboard），可是我不一定看到了上面的答案（see the answers on it）。

spend 或 cost
花錢的「花」是哪一個呀？

一句話速記

線上音檔

spend，我花錢；cost，東西花我多少錢。

spend　cost

驚喜價：$100/朵

文法大重點　spend 與 都有「花費」的意思。主詞如果是人，就用 spend；主詞如果是東西，就用 cost。

實例馬上看

時態	我	花	錢	買	東西	中文翻譯
現在簡單式	I	spend	$100	on	this book.	我花一百元買這本書。
過去簡單式	I	spent	$100	on	this book.	我之前花了一百元買這本書。
現在完成式	I	have spent	$100	on	this book	我已經花了一百元買這本書。

spend 的三態變化：spend → spent → spent

時態	東西	花	我	多少錢	中文翻譯
現在簡單式	This book	costs	me	$100.	這本書花我一百元。
過去簡單式	This book	cost	me	$100.	這本書之前花了我一百元。
現在完成式	This book	has cost	me	$100.	這本書已經花了我一百元。

cost 的三態變化：cost → cost → cost

小華一直希望媽媽能買一盒積木玩具給他，這天，媽媽問他：「一盒積木要『花』多少錢？」小華說了價錢，媽媽想一想，便說：「那從現在開始，你每個禮拜都少『花』五十元。存三個禮拜之後，媽媽就『花』三百元，跟你一起買下這盒積木玩具。」

考考你，這盒積木玩具多少錢？

哎呀，不是要問你這個啦，你知道上面說的「花」，也就是「花費」這個動詞，在英文裡有兩個不同的寫法嗎？它們是 **spend** 與 **cost**。

認識 spend 與 cost

spend 與 cost 都是跟花費這個動作有關的動詞，當我們說「我花了多少錢買什麼」時，也就是當句子的主詞是「人」的時候，我們會使用 spend 這個動詞。當我們說「什麼花了我多少錢」時，也就是當句子的主詞是「東西」的時候，我們就會使用 cost 這個動詞。

spend 與 cost 的句型

所以啊，在上面的「數學題」裡，「一盒積木要『花』多少錢」的「花」用的是 cost，「你每個禮拜都少『花』五十元」的「花」用的則是 spend。「媽媽就『花』三百元跟你一起買下」的「花」也是用 spend 喔。我們就來看看這兩個動詞的句型吧：

Spend

人	花錢 spend money	on	物
I	**spend** $ 450	**on**	the bricks.
我	花 450 元	買	這些積木。

Cost

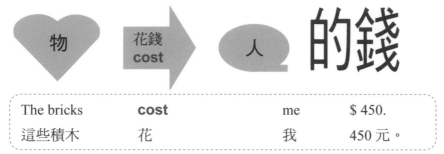

The bricks	cost	me	$ 450.
這些積木	花	我	450 元。

　　當我們說「我花多少錢買什麼東西」時，使用的句型是「I＋spend＋錢＋on＋東西」。為什麼要用介系詞 on 呢？因為這代表著我花多少錢「在什麼東西上」，所以加上了一個 on 在所買的東西前面。

　　當我們說「什麼東西花我多少錢」時，使用的句型是「東西＋cost＋me＋錢」。注意囉，這邊的「我」用的是接受動作的受格代名詞 me，而不是做出動作的主格代名詞 I 唷。還記得受格代名詞嗎？我們在 Lesson 18 的 Let's ... 句型裡有提到過（let's＝let us），在 Lesson 32 裡還會有更詳細的介紹喔。

文法小診所

1. spend 除了可以指花「錢」，還可以指花「時間」

不只是花「錢」可以用 spend，花「時間」一樣也可以用 spend 喔！而且用法和花錢的用法一模一樣，例如：

I **spend** two hours **on** my homework. 我花兩小時寫功課。

He **spent**（spend 的過去式）three weeks **on** his project.
他花了三個禮拜在他的報告上。

偷偷告訴你

那麼，cost 也可以用在「花時間」囉？不行的，如果想說「什麼事花了我多少時間」，應該要用動詞 take（take - took - taken），例如：

It took me fourteen hours to fly to Brazil.
飛到巴西花了我 14 個小時。

113

Lesson 25 （關於「借」的動詞）

lend 或 borrow
我「借」你，我跟你「借」，不一樣嗎？

一句話速記

線上音檔

lend，我借你；**borrow**，我跟你借。

文法大重點　lend 與 borrow 都有「借」的意思。如果這個東西是我的，我「借」給你，就用 lend **to**；如果這個東西不是我的，我跟你「借」，就用 borrow **from**。

實例馬上看

I **lend** my Wii **to** you.　我借我的 Wii 遊戲機給你。
＝You **borrow** the Wii **from** me.　你跟我借 Wii 遊戲機。

I **borrow** the roller blades（直排輪）**from** Jim.　我跟吉姆借直排輪。
＝Jim **lends** his roller blades **to** me.　吉姆借他的直排輪給我。

看相關文法

Lesson 32　人稱詞受格變化

有天，我做了一個夢，夢到我變得好小好小，跟螞蟻一樣小。

我不知道該怎麼辦，也不知道要怎麼回家，我身邊只有一位螞蟻先生和螞蟻太太。他們告訴我：「人類都住在池塘那邊很高很高的大樓裡，我們可以借（**lend**）一片樹葉給（**to**）妳，讓妳渡過前面的大池塘，找到回家的路。」

我很高興，就向（**from**）螞蟻夫婦借（**borrow**）了一片小樹葉，渡過前方的大池塘，來到一片綠油油的樹林裡。

這時，一隻小鳥姊姊飛了過來，她說：「我可以借（**lend**）一根小樹枝給（**to**）妳，妳抓住樹枝，我帶妳到好高好高的大樓那邊去。」

於是，我又跟（**from**）小鳥姊姊借（**borrow**）小樹枝，爬到樹枝上面，讓小鳥姊姊帶我飛過樹林。

可是沒想到，小鳥姊姊被一群烏鴉土匪攻擊受傷了！那群烏鴉土匪還想把我吃掉！我非常害怕，這時候，貓咪哥哥跳了出來，把烏鴉趕跑了。貓咪哥哥和我說：「到我家來休息吧，我借給（**lend**）妳們一張床，請妳們吃晚餐。」

所以我們到了貓咪哥哥家休息，還向（**from**）貓咪哥哥借（**borrow**）醫藥箱給小鳥姊姊包紮傷口。

認識 lend 與 borrow

在前一課裡，我們學到了同樣表示「花費」的兩個動詞 spend 和 cost，如果主詞是人就用 spend，如果主詞是東西就用 cost。這一課也有兩個同樣表示「借」的動詞 **lend** 和 **borrow**，該如何區分呢？

在上面的故事裡，你是不是也發現了，樹葉、樹枝、床、醫藥箱這些東西，都不是故事主人翁的，而是螞蟻、小鳥和貓咪「借」給她的，這個「借」就要用 lend。

相反地，故事主人翁跟他們「借」來這些東西，這個「借」就要用 borrow。

lend 與 borrow 的句型

簡單地說，東西如果不是我的，我得向別人借，就該說「borrow＋東西＋from＋人」，例如：

I **borrowed** a hat **from** Shirley. 我跟雪莉借了一頂帽子。

Shirley **borrowed** some hairpins **from** me. 雪莉跟我借了一些髮夾。

（borrow 的三態變化：borrow - borrowed - borrowed）

東西如果是我的，我借給別人，就該說「lend＋東西＋to＋人」，例如：

I **lent** my basketball **to** Aaron. 我借了我的籃球給艾倫。

Aaron **lent** his volleyball **to** me. 艾倫借了他的排球給我。

（lend 的三態變化：lend - lent - lent）

故事還沒有說完唷：隔天早上，貓咪哥哥借（**lend**）一個鈴鐺給（**to**）我，說有困難時可以搖鈴鐺叫他。小鳥姊姊留在貓咪哥哥家養傷，所以只有我一個人離開。越過了樹林，好高好高的大樓在眼前出現了，我記得我住在八樓，可是不知道該怎麼爬上去。這時候，大狗叔叔出現了，他對我說：「小不點兒，如果妳借給（**lend**）我鈴鐺，我可以帶你到八樓。」

我毫不猶豫地借（**lend**）鈴鐺給（**to**）大狗叔叔，大狗叔叔於是要我抓住他的項圈。我們開始往上衝，大狗叔叔跑的時候，鈴鐺一直叮鈴叮鈴的響，叮鈴叮鈴的響……

我張開眼睛，出現的不是貓咪哥哥，而是媽咪叫我起床的臉。

1. lend＋東西＋to＋人＝lend＋人＋東西

當我們說「借什麼東西給什麼人」時，其實也可以說「借給什麼人什麼東西」。像前面故事裡，「我借給（lend）妳們一張床」和「妳借給（lend）我鈴鐺」，都是這種說法，而且這麼說就不必加 to 了唷。我們再多看幾個例句囉。

I **lend** my Wii **to** you.　我借我的 Wii 遊戲機給你。

＝I **lend** <u>you</u> my Wii.　我借你我的 Wii 遊戲機。

Jim **lends** his roller blades **to** me.　吉姆借他的直排輪給我。

＝Jim **lends** <u>me</u> his roller blades.　吉姆借我他的直排輪。

Lend <u>me</u> your ears.　借我你的耳朵。（你聽我說。）

一樣地，「借什麼人什麼東西」的「什麼人」，因為是接受動作的人，所以必須要用受格代名詞才行哦。

名詞與代名詞

　　什麼是「名詞」？只要是我們眼睛看得到的「具體人事物」，或是看不到的感覺、個性、狀態等「抽象概念」，我們都會給它取個名字，而那就是「名詞」。

　　為了表達的方便，我們會為每樣東西取個名字，這樣說話時才不會像猜謎一樣，搞不清楚對方在說什麼。有了「名詞」，一切就方便多了。比方說，天空中圓圓會發熱的物體，我們都叫它「太陽（sun）」，而無論大人小孩、男生女生、富人窮人都擁有一樣多的東西，我們就叫它「時間（time）」。

　　在英文中，名詞會以「數」來分，分成「可數」和「不可數」名詞。

　　可數名詞在單數時，前面要戴上帽子 a 或 an，例如 an apple（一顆蘋果）。在複數時，後面要長出尾巴 -s 或 -es，例如 three apples（三顆蘋果）。可以數的名詞該戴 a 還是 an 帽子，該長 -s 還是 -es 尾巴，Lesson 26 及 Lesson 27 都會告訴你喔！

　　不可數名詞包括「物質名詞」、「抽象名詞」、「專有名詞」等。「物質名詞」是指「液體」或「材料」等名詞，例如 coke（可樂）、gold（金子）。「抽象

名詞」是指「無具體形狀的事物或概念」，例如 air（空氣）、happiness（幸福）。「專有名詞」則舉凡人名、地名、國名、路名、節慶名稱等都屬於這一類，開頭一定要大寫。

「代名詞」顧名思義，就是代替名詞的詞類囉！比方說，我是王小華，「王小華」是名詞，「我」就是王小華的代名詞。若是沒有代名詞，一直叫名字會很累吧？所以，像是你、我、他、你們、我們、他們等這些詞，都叫作代名詞。

在英文句子裡，代名詞會依照位置或功能的不同，而有不同的長相。先別擔心，Lesson 30 ~ 33 會教你怎麼利用口訣記住這些變化，這樣你就不會用錯了唷！

最後，我們還要介紹「基數」與「序數」。「基數」就是一、二、三、四…這些代表數量的數，而「序數」就是第一、第二、第三、第四…這些代表順序的數。序數在中文裡只要在數字前面加上「第」，就可以從第一說到第一百啦。但是英文的序數可不是那麼簡單。想知道英文的序數該怎麼記嗎？千萬別錯過 Lesson 40 喔！

名詞戴帽子：
a 或是 an

mp3 ★ 26

一句話速記

線上音檔

An ant eats its own umbrella.
一隻螞蟻吃掉自己的雨傘。

an 你別跑，
我們需要你！

文法大重點 由子音寶寶開頭的單數可數名詞要戴 **a** 帽子；由母音媽媽
（a, e, i, o, u）開頭的單數可數名詞要戴 **an** 帽子。

 實例馬上看

子音寶寶開頭的單字		母音媽媽開頭的單字	
a dog	一隻狗	an ant	一隻螞蟻
a ball	一顆球	an egg	一顆雞蛋
a ladybug	一隻瓢蟲	an insect	一隻昆蟲
a lemon	一顆檸檬	an orange	一顆橘子
a ruler	一把尺	an umbrella	一把傘

英文的 26 個字母裡，哪些是母音媽媽呢？沒錯，就是 a, e, i, o, u，其餘的都是子音寶寶唷！
熟記一句話速記，注意 ant, eats, its, own, umbrella 這幾個字的開頭字母，你就知道哪個單數可數名詞
加 a，哪個加 an 囉！

 看相關文法

Lesson 27　複數名詞的表示

120

認識不定冠詞

　　a 和 **an** 這兩頂帽子的另一個名字叫「不定冠詞」，它們都代表「一個」、「一隻」、「一張」等一個單位的意思。英文不像中文那麼麻煩，每一種名詞都有固定的單位用字，例如：一「隻」貓、一「匹」馬、一「頭」大象。英文只要弄清楚是母音媽媽開頭還是子音寶寶開頭的單字就行了，例如 **a** cat（一隻貓）、**a** horse（一匹馬）、**an** elephant（一頭大象），是不是容易多了呢？

可數名詞與不可數名詞

　　要注意喔，既然 a 和 an 是「一」的意思，就代表它們只能用在「可數」名詞的前面。「可數名詞」又是誰啊？顧名思義，可數名詞就是可以用手指頭計算數目的名詞啦！一般而言，英文的名詞分為「可數」和「不可數」名詞。可數名詞在單數時，前面要加 a 或 an，例如 **an** apple（一顆蘋果）、**a** watch（一支手錶）；在複數時，名詞後面則要加 -s 或 -es，例如 three apple**s**（三顆蘋果）、four watch**es**（四支手錶）（Lesson 27 會告訴你！）。因為中文不說蘋果「們」、手錶「們」，所以一般人在使用英文時，常常會忘記要在複數名詞後面加 -s 或 -es。所以各位一定要多多練習，練習多了就習慣成自然啦！

　　至於不可數名詞通常都是「液體」，例如 coke（可樂）、water（水）、juice（果汁），或是「數不完的東西」，例如 hair（頭髮）、sand（沙子）、rice（米飯），或是「看不見又摸不著的抽象物」，例如 music（音樂）、happiness（快樂）、honesty（誠實）等，又或者是「分成部分之後仍保有原來性質的東西」，例如 bread（麵包，撕成一半後還是麵包）、paper（紙，剪成小片後還是紙）、chalk（粉筆，變短後還是粉筆），這些都屬於不可數名詞。a table（一張桌子）若只剩下桌腳，就不再是能用來寫功課的桌子，而 a bike（一台腳踏車）若只剩下輪子，也不再是能夠騎乘的腳踏車了，所

以它們都是可數名詞。

單位詞的使用

雖然英文沒有像中文「一瓶」、「一張」、「一條」這樣複雜的單位詞，但是在使用不可數名詞時，為了方便將意思表達清楚，也是可以使用某些「單位詞」喔！讓我們來瞧一瞧吧：

May I have **a cup of** coffee?　可以給我一杯咖啡嗎？

May I have **a pot of** tea?　可以給我一壺茶嗎？

其他的單位詞還有：

a piece of paper	一張紙
a loaf of bread	一條麵包
a glass of water	一杯水
a period of time	一段時間
a bottle of juice	一瓶果汁

偷偷告訴你

如果想說「兩瓶果汁」，該怎麼辦？注意囉！表示「兩個以上」時，要在單位詞（這裡是 bottle）的後面加上 -s 或是 -es，而不可數名詞（juice）就是不可數，前面後面都不用亂加東西唷！

two bottles of juice　兩瓶果汁 ----（○）
two bottles of juices　兩瓶果汁 ----（×）
three glasses of water 三杯水　 ----（○）

文法小診所

1. 為什麼 hour（小時）要戴大帽子 an？

　　hour（小時）雖然是子音寶寶開頭的可數名詞，但你有沒有發現，在唸法上，h 是不發音的耶！它的唸法跟 our（我們的）一模一樣，所以 h 寶寶其實是顆煙霧彈啦！既然如此，hour 還是得戴 an 這頂大帽子唷！其他像 honor（光榮的人或事）也是如此，例如：

He is **an** honor to our school.　他是我們學校的光榮。

　　另外，university（大學）雖然是母音 u 開頭，但如果檢查音標，你就會發現，原來字首是發 / j / 的子音，所以要說 a university（一所大學）才對哦。

站住，你戴錯帽子啦！

名詞長尾巴：
-s 或是 -es

線上音檔

一句話速記

She sits on the chair drinking XO.
她坐在椅子上喝 **XO**。

規則跟Lesson 2 的一樣喔！

文法大重點 可數名詞是「複數」時，得趕緊把 a 或 an 的帽子拿掉，換上 **-s** 或 **-es** 的尾巴。名詞字尾是 -sh, -s, -ch, -x, -o 時加 -es。

實例馬上看

長 -s 尾巴		長 -es 尾巴	
a hat 一頂帽子	two hats 兩頂帽子	a dish 一道菜	two dishes 兩道菜
an apple 一顆蘋果	three apples 三顆蘋果	a glass 一個杯子	three glasses 三個杯子
a boy 一位男孩	ten boys 十位男孩	a bench 一個長椅	two benches 兩個長椅

一般複數可數名詞只要加上 -s 尾巴，結尾若是 -sh, -s, -ch, -x, -o 時，則會長出 -es 尾巴。
複數名詞的規則變化方式，和第三人稱單數動詞的規則變化方式（Lesson 2），可說是一模一樣。
熟記一句話速記，你就知道哪個複數名詞加 -s 或 -es 囉！

看相關文法

Lesson 2 　現在簡單式的動詞變化
Lesson 26 　單數名詞的表示

文法輕鬆說

複數可數名詞的規則變化

一般而言，複數可數名詞的規則變化如下：

1. 長出 -s 尾巴（大多數名詞的最愛，最受歡迎的尾巴），例如：

two lemon**s** 兩顆檸檬　　three bowl**s** 三個碗　　four cup**s** 四個茶杯

2. 長出 -es 尾巴（字尾為 -sh, -s, -ch, -x 的名詞是愛用者），例如：

three dish**es** 三個盤子　　　four glass**es** 四個玻璃杯

two watch**es** 兩支手錶　　　ten box**es** 十個箱子

3. 截斷 -y 尾巴，長出 -ies 尾巴（名詞字尾為「子音 + -y」時），例如：

a baby 一個寶寶 → **three babies** 三個寶寶

a city 一座城市 → **two cities** 兩座城市

偷偷告訴你

但「母音 + -y」結尾的名詞就不是囉！母音媽媽是不會隨便截斷尾巴的。例如：

a boy 一個男孩 → four boys 四個男孩

4. 名詞字尾為「子音 + -o」時加 -es，「母音 + -o」加 -s。子音寶寶比較矮小，當然要把尾巴加長一點來壯聲勢囉！例如：

a tomato 一顆番茄　　　　→　　**two tomatoes** 兩顆番茄

a zoo 一座動物園 → **three zoos** 三座動物園

例外：photo → photo**s**（相片）　　　　　piano → piano**s**（鋼琴）

5. 名詞字尾是 **-f** 或 **-fe** 時，**-f** 或 **-fe** 要變身為 **-ves**，例如：

a knife 一把刀 → **three knives** 三把刀

a leaf 一片葉子 → **eight leaves** 八片葉子

例外：roof → roofs（屋頂）　　　　　　　　cliff → cliffs（峭壁）

複數可數名詞的不規則變化

凡規則必有例外，既然名詞複數有規則變化，當然也有不規則變化囉！更妙的是，還有一些固執的名詞，無論是單複數都不肯變化。此外，還有成雙成對的名詞，只能以複數的形式存在。我們來看看到底是哪些名詞這麼搞怪吧！

1. 不按牌理出牌的不規則變化名詞

單數 - oo 複數 - ee		單數 - a 複數 - e		複數字尾 - ce		複數字尾 - en	
單數	複數	單數	複數	單數	複數	單數	複數
a foot（一隻腳）	two feet（兩隻腳）	a man（一個男人）	two men（兩個男人）	a mouse（一隻老鼠）	two mice（兩隻老鼠）	an ox（一隻牛）	two oxen（兩隻牛）
a tooth（一顆牙齒）	two teeth（兩顆牙齒）	a woman（一個女人）	two women（兩個女人）	a penny（一分錢）	two pence（兩分錢）	a child（一個小孩）	two children（兩個小孩）

2. 固執的魚、鹿、綿羊，怎麼樣都不肯變

a fish	一條魚	→	three fish	三條魚
a deer	一頭鹿	→	four deer	四頭鹿
a sheep	一隻綿羊	→	five sheep	五隻綿羊

3. 成雙成對不分離：這類名詞沒有單數形存在，可以使用單位詞 **pair**（雙，對）來表示

glasses	眼鏡	→	a pair of glasses	一副眼鏡
pants	長褲	→	three pairs of pants	三件長褲
scissors	剪刀	→	four pairs of scissors	四把剪刀

1. 複數名詞的發音

　　複數名詞在發音時，通常是有聲尾音配有聲 / z /，無聲尾音配無聲 / s /。當字尾發音為 / s /、/ z /、/ ʃ /、/ tʃ /、/ dʒ /，則配 / ɪz /：

❶ 有聲尾音配有聲 / z /（滋滋滋）

boy -- boys / z /　　　　　　　dog -- dogs / z /

girl -- girls / z /　　　　　　　car -- cars / z /

❷ 無聲尾音配無聲 / s /（嘶嘶嘶）

cup -- cups / s /　　　　　　　snake -- snakes / s /

roof -- roofs / s /

❸ 當字尾發音為 / s /、/ z /、/ ʃ /、/ tʃ /、/ dʒ /，配 / ɪz /（依滋依滋）

glass -- glasses / ɪz /　　　　　nose -- noses / ɪz /

dish -- dishes / ɪz /　　　　　　watch -- watches / ɪz /

bridge -- bridges / ɪz /

　　另外，當字尾發音是 / t /，加上 / s / 後，唸起來會像「雌」，如 cats, rats（老鼠）；字尾發音是 / d /，加上 / z / 後，唸起來會像「資」，如 beds, ads（廣告）。這樣大家有沒有概念了呢？

哇，It rains cats and dogs!

Lesson 28

（不定冠詞與定冠詞的區別）

就是那個…
用 a 還是用 the 好呢？

線上音檔

隨便哪個用 **a, an**，就是那個要用 **the**。

文 法 大 重 點 a 和 an 又叫做「不定冠詞」，用來指非特定的單數人事物。**the** 則叫做「定冠詞」，用來指特定的人與事物。

實 例 馬 上 看

A：What is it? 它是什麼？

B：It is **a door**. 它是一扇門。

A：Can you close **the door**? 你能關上那扇門嗎？

B：Yes, of course. 是的，當然。

A：Do you have **a pencil**? 你有一支筆嗎？

B：Yes, I do. **The pencil** is a gift from Jenny.

　　有啊！這支筆是珍妮給我的禮物。

看 相 關 文 法

Lesson 26　單數名詞的表示

不定冠詞與定冠詞

　　a 和 an 當作單數可數名詞的帽子，有另一個名字，叫做「不定冠詞」。當你想買玩具時，你會跟媽媽說：「我想要一個玩具。」（I want **a** toy.）因為你還不確定自己要哪一種玩具，所以就用「不定冠詞 a」。

　　等到媽媽買了一個玩具給你，你又不小心弄丟了，這時媽媽就會質問你：「那個玩具到哪去了？」（Where is **the** toy?）這時就會使用「定冠詞 the」來指「特定」的那個玩具。

定冠詞的愛用者

　　「定冠詞 the」除了用來指「特定」的人、事、物外，還可用於宇宙間獨一無二的天體和方向，例如 **the** sun（太陽）、**the** east（東方），以及一些特殊的片語，例如 in **the** morning（在早晨）、at **the** moment（在那時）。這些特殊的名詞和片語可是指定要和 the 在一起哦，我們就來看看哪些是「定冠詞 the」的連體嬰兄弟吧：

1. 宇宙間獨一無二的天體和方向：既然獨一無二，當然要用有「特定」意味的 **the** 囉！

The moon is so beautiful. 月亮是如此美麗。
Long time ago, people believed **the earth** was the center of **the universe**. 很久以前，人們相信地球是宇宙的中心。
Japan is in **the east** of Asia. 日本位於亞洲的東部。

2. 特殊的名詞片語：這些片語有些硬要與 **the** 在一起，有些則偏不要。到底是哪些任性的片語呢？

	硬要與 the 在一起	偏不要與 the 在一起
與時間相關的片語	較長的時間片段： in **the** morning（在早晨） in **the** afternoon（在下午） in **the** evening（在傍晚）	較短的時間片段： at noon（在中午） at night（在晚上）
與地方相關的片語	指在某個位置： in **the** zoo（在動物園裡） in **the** sky（在天空中） in **the** ocean（在海洋中） in **the** world（在世界上）	指在某種狀態： at school（在學校） at home（在家） at work（在上班）
與動作相關的片語	the 與樂器名稱連用： play **the** piano（彈鋼琴） play **the** violin（拉小提琴）	the 不與運動名稱連用： play baseball（打棒球） play tennis（打網球）

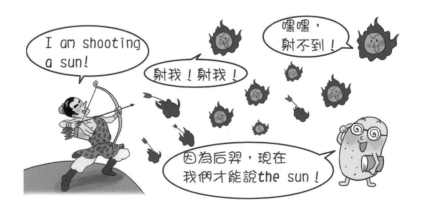

文法小診所

1. 加 the 不加 the，有差別唷！

有些名詞前面可以加 the 或不加 the，但意思可是有差別的喔！看看下面的例句：

Jean is in hospital now. 珍現在在住院。
Jean is working in **the** hospital. 珍現在在這家醫院工作。

in hospital 是指住院的狀態，但 in the hospital 則是指在醫院裡面，不一定是生病了喔。

He is in prison. 他在坐牢。
He is in **the** prison. 他在監獄裡。

in prison 是指坐牢的狀態，in the prison 則是指在監獄裡，可能只是去探監而已，不一定是犯罪了喔！

下面這兩句你分得出哪裡不同嗎？

I am watching television. 我正在看電視。
He is fixing **the** television. 他正在修電視。

television 指的是電視節目，而 the television 指的是電視機。這些細微的地方只要用心思考，就可以知道何時可加或不加 the 囉！

不是只有 I am 的 I 要一直大寫喔！

一句話速記

線上音檔

大頭大頭，大寫開頭；人名地名，都有大頭。

Confucius（孔子）

Santa Claus（聖誕老人）

因為我們來頭不小，

所以要大寫！

文法大重點　專有名詞包含了各式各樣的名稱，既然有特定的稱呼，就像我們自己的英文名字一樣，開頭一定要大寫唷！

實例馬上看

Ted is going to Pingtung on Moon Festival.

泰德中秋節時要去屏東。-- 人名、地名、節慶名

Lisa teaches Chinese in National Taiwan University.

麗莎在台灣大學教中文。-- 人名、語文名稱、校名

Miss Lin works in Taipei Railway Station from Monday to Saturday.

林小姐從週一到週五都在台北火車站工作。-- 姓氏、站名、星期名

文法輕鬆說

哪些是專有名詞

　　一般而言，舉凡人名、地名、國名、路名、節慶名稱等，都屬於「專有名詞」的範圍。專有名詞是指那些特定且獨一無二的名詞，無論它站在句子裡的哪個地方，第一個字母都一定要大寫。既然開頭是大寫，前面也就塞不下 a, an, the 這些帽子囉！

　　讓我們來看看有哪些不用戴帽子的大頭專有名詞吧：

人名	Nina（妮娜）	Jason（傑森）	
	Confucius（孔子）	Santa Claus（聖誕老人）	
洲名	Asia（亞洲）	Europe（歐洲）	Africa（非洲）
國名	Japan（日本）	Germany（德國）	Egypt（埃及）
城市名	Tokyo（東京）	Berlin（柏林）	Cairo（開羅）
國籍名稱	Chinese（中國人）	German（德國人）	French（法國人）
語文名稱	Chinese（中文）	German（德文）	French（法文）
地名	Taoyuan Airport（桃園機場）		
	Yangmingshan National Park（陽明山國家公園）		
路名	Fifth Avenue（第五大道）		
	Zhong Xiao E. Road（忠孝東路）		
各機關名稱	Taipei First Girls' High School（台北第一女中）		
	Kaohsiung City Government（高雄市政府）		
	National Palace Museum（國立故宮博物院）		

　　某些專有名詞裡的單字，如 airport, park 等，一般並不大寫，只有在專指某座機場、某座國家公園時，才需要大寫。

除了人與地點外，與時間有關的專有名詞也有許多哦：

星期 月份	**M**onday（星期一）　　**W**ednesday（星期三） **J**anuary（一月）　　**M**arch（三月）
節日	**F**ather's **D**ay（父親節） **D**ragon **B**oat **F**estival（端午節） **C**hinese **N**ew **Y**ear（中國新年） **H**alloween（萬聖節）

1. 如果專有名詞戴上 a, an, the 帽子

　　一般而言，專有名詞是指某一特定的人事物，所以前面不會加冠詞 a, an, the，就像中文裡我們不會說「我住在『一個』台北」或「我住在『那個』台北」。因為不可能有很多個台北，所以後面也不會加 -s。但例外總是無所不在，像 We have three Gina**s** in our class.（我們班上有三個吉娜。）的情形時常發生（有些名字是「菜市場名」嘛），Tim wants to be **an** Einstein.（提姆想要成為一位愛因斯坦。）也是有可能的（人小志氣高，千萬不能小看別人的志向喔）。

　　還有一些特殊的專有名詞，明明頭很大，就是要硬塞 the 這頂帽子。我們來看看這些叛逆的大頭是何方神聖：

❶ 全家人：**the** Lin**s** = **the** Lin Family（林家一家人）

❷ 國家的正式稱呼：**the** United States of America（美國）
　　　　　　　　　 the United Kingdom（英國）

❸ 山脈群：**the** Alps（阿爾卑斯山）、**the** Central Mountains（中央山脈）
但若指單獨的一座山，則不加 the，例如 Mt. Jade（玉山）、Mt. Fuji（富士山）

❹ 群島：**the** Philippines（菲律賓群島）、**the** Bahamas（巴哈馬群島）
但若指單獨的一座島，則不加 the，例如 Taiwan（台灣）、Madagascar（馬達加斯加）

❺ 海洋或運河：**the** Atlantic Ocean（大西洋）、**the** Panama Canal（巴拿馬運河）

　　哇，你看！英文裡的叛逆小子可真不少哩！

Lesson 30 （人稱詞所有格變化）

my
我的…

線上音檔

一句話速記

買氣球，my 氣球，我買了我的氣球。

你走開！

原來我不能跟在名詞前面。

文法大重點 「所有格」指你的（**your**）、我的（**my**）、他 / 她 / 它 / 牠的（**his** / **her** / **its**）等意思，後面一定要加上名詞喔！

實例馬上看

主格	所有格	例句	
I（我）	my（我的）	I love my mom.	我愛我的媽媽。
you（你）	your（你的）	You love your dad.	你愛你的爸爸。
we（我們）	our（我們的）	We love our parents.	我們愛我們的父母。
they（他們）	their（她們的）	They love their parents.	他們愛他們的父母。
he（他）	his（他的）	He loves his daughter.	他愛他的女兒。
she（她）	her（她的）	She loves her son.	她愛她的兒子。
it（它 / 牠）	its（它 / 牠的）	It loves its kids.	牠愛牠的孩子。

看相關文法

Lesson 31 　人稱詞所有格代名詞變化

文法輕鬆說

人稱詞主格與所有格

「人稱詞主格」簡單的說，就是你（you）、我（I）、他（he）、她（she）、牠／它（it）、你們（you）、我們（we）、他們（they），是發出動作的主詞。而「人稱詞所有格」在中文裡，只要將前面的主格通通加上「的」，就大功告成了；但是在英文裡，可沒有這麼容易，你的（**your**）、我的（**my**）、他的（**his**）、她的（**her**）、牠的／它的（**its**）、你們的（**your**）、我們的（**our**）、他們的（**their**），每一個所有格都有它特定的寫法。這該如何記起來呢？一起看看下面的口訣吧：

主格	所有格	口訣
I（我）	my（我的）	買氣球，my 氣球，我買了我的氣球。
you（你）	your（你的）	有了糖果，your 糖果，你有了你的糖果。
we（我們）	our（我們的）	好餓喔，我們走，our 肚子好餓喔。
they（他們）	their（她們的）	累了喲，他們游，their 身體累了喲。
he（他）	his（他的）	嘻嘻嘻，吃螺絲，his 演講吃螺絲。
she（她）	her（她的）	呵呵呵，合不攏，her 嘴笑得合不攏。
it（它／牠）	its（它／牠的）	一直打嗝，its 哥哥，牠的哥哥一直打嗝。

你有你的媽媽，我有我的媽媽，那「蘇珊的」媽媽要怎麼表達呢？「我姊姊的」裙子呢？「我妹妹們的」玩具，又該如何說？這時，小飯粒「'」就派上用場啦。蘇珊的媽媽英文寫法是 Susan**'s** mom，小飯粒加 -s。我姊姊的裙子英文寫法是 My sister**'s** skirt，一樣是小飯粒加 -s。我妹妹們的玩具則是 my sisters' toys，因為 sisters 字尾已經有 -s，就別畫蛇添足，加一顆小飯粒就可以了。

人稱詞所有格的句型

使用所有格時，後面一定要加上名詞才行。這個名詞可以是單數，也可以是複數，就看你有多少東西囉！例如：

This is **my** apple.　這是我的蘋果。

These are **our** apples.　這些是我們的蘋果。

Those are **their** bicycles.　那些是他們的腳踏車。

偷偷告訴你

「誰的」該怎麼說呢？沒錯，就是 whose。通常 whose 都放在句首，表示詢問某物品是誰的，例如：

Whose bike is this?　這是誰的腳踏車？
Whose toys are these?　這些是誰的玩具？

想多認識一下 whose 嗎？ Lesson 43 裡有更多關於它的介紹喔。

文法小診所

1. its 和 it's，差一顆飯粒差很多唷！

its 是指所有格「它／牠的」，例如 the dog's toy（這隻狗的玩具）= **its** toy（牠的玩具）。it's 則是 it is 的縮寫，例如 It is a toy. = **It's** a toy.（它是一個玩具。）

2. Mary and John's 和 Mary's and John's 有何不同？

　　如果我們說 These are **Mary's and John's** toys.，代表這些「分別」是瑪莉和約翰的玩具。若說 These are **Mary and John's** toys.，代表這些是瑪莉和約翰「共有」的玩具。這兩者要仔細分清楚喔！

31
Lesson

（人稱詞所有格代名詞變化）

mine
是我的啦！

線上音檔

所有格的 my 變 mine。-r 結尾的加 -s，-s 結尾的沒有事。

 yours　his

看什麼看！
我就是要與
眾不同！

文法大重點 「所有格代名詞」指的是「所有格＋名詞」。原來的所有格
是 -r 結尾時，所有格代名詞會在 -r 後面加 -s；原來的所有
格是 -s 結尾時，所有格代名詞就不會變。

實例馬上看

A：Whose hat is this?　這是誰的帽子？

B：This is **mine**（＝ my hat）．這是我的。

A：Whose dog is this?　這是誰的狗？

B：It's **yours**（＝ your dog）．它是你的 / 你們的。

A：Whose computer is this?　這是誰的電腦？

B：It's **his**（＝ his computer）．它是他的。

看相關文法

Lesson 30　人稱詞所有格變化

140

文法輕鬆說

所有格與所有格代名詞

　　「所有格代名詞」指的是「所有格＋名詞」。例如在 My hair is long, and **hers** is short.（我的頭髮長，而她的短。）這個句子裡，hers 就是所有格代名詞，等於 her hair。

　　所有格「你的／你們的（your）、我的（my）、他的（his）、她的（her）、牠的／它的（its）、我們的（our）、他們的（their）」，後面一定要加名詞，否則沒有人知道你在說誰的什麼東西。但是，所有格代名詞 **mine**（我的）、**yours**（你的／你們的）, **ours**（我們的）、**theirs**（他們的）、**hers**（她的）、**his**（他的）、**its**（牠的／它的），因為包含了「所有格＋名詞」的特徵，所以它的後面就不用再加名詞囉。例如：

That is my hat.　那是我的帽子。
-- my 後面要加帽子，大家才知道我在說我的「帽子」。
That hat is **mine**.　那個帽子是我的。
-- mine 其實就已經等於 my hat。

為何要使用所有格代名詞

　　使用所有格代名詞的一個目的，是為了不要讓同樣的字出現太多遍，而讓人有一種「厭煩」的感覺。例如：

My skirt is blue, your skirt is red, and her skirt is white.
我的裙子是藍色的，你的裙子是紅色的，而她的裙子是白色的。

　　既然要描述的東西都是「裙子」，直接使用「所有格代名詞」，才不會讓聽的人只記得一直重複的「裙子」，連重點顏色是什麼都記不清楚。所以最好改成這樣：

My skirt is blue, **yours** is red, and **hers** is white.

我的裙子是藍色的，你的是紅色的，而她的是白色的。

如此不但節省口水，也節省時間。每一個所有格都有專屬的所有格代名詞，讓我們看看有哪些吧：

所有格	my（我的）	your（你的 / 你們的）	our（我們的）	their（他們的）	her（她的）
所有格代名詞	mine	yours	ours	theirs	hers
變法	「買」變「賣」	在原來的所有格後面加 -s			

所有格	his（他的）	its（牠的 / 它的）
所有格代名詞	his	its
變法	和原來的所有格一樣	

你看，所有格代名詞和所有格除了 my 變 mine 差別較大外，其他的不是在原來的所有格後面加 -s，就是和原來的所有格一模一樣。原來的所有格是 -r 結尾時，所有格代名詞就在 -r 後面加 -s；原來的所有格是 -s 結尾時，所有格代名詞就不會變。這樣是不是好記多了啊？

至於名字（如 Mary）的所有格（Mary's）和所有格代名詞（Mary's）長得也是一模一樣唷。例如：

My skirt is blue, Mary**'s** is red, and Susan**'s** is white.

我的裙子是藍色的，瑪莉的是紅色的，而蘇珊的是白色的。

文法小診所

1. 所有格代名詞後面要加單數動詞還是複數動詞？

所有格代名詞後面要加單數動詞還是複數動詞呢？那就要看這個所有格代名詞是指「所有格＋單數名詞」還是「所有格＋複數名詞」囉！例如：

My eyes are blue, and hers **are** green.

我的眼睛是藍色的，而她的是綠色的。

-- 因為眼睛有兩個，是複數，所以用複數動詞 are。

My nose is big, and hers **is** small. 我的鼻子很大，而她的很小。

-- 因為鼻子只有一個，是單數，所以用單數動詞 is。

2. Gina is my friend. 和 Gina is a friend of mine. 有何不同呢？

Gina is my friend.（吉娜是我的朋友。）和 Gina is a friend of mine.（吉娜是我的一位朋友。）從中文翻譯看來，就有些不同了喔！第一句表示我和吉娜有些交情，認識頗深；第二句則表示吉娜不過是我眾多的朋友之一罷了，交情普通。如果吉娜是你的好麻吉，你知道要用哪一句嗎？

me
選我！選我！

 一句話速記

I 變 me，我最甜蜜；you 還是 you，你最忠心。

文法大重點 既然人稱詞主格（I, you, we, they, he, she, it）是發出動作的那一位，那麼人稱詞受格當然就是接受動作的那一位囉！它們依序是 me, you, us, you, them, him, her, it。

實例馬上看

I love my mom. My mom loves me. 我愛我的媽媽。我的媽媽愛我。

You are a liar. I don't believe you. 你是個騙子。我不相信你。

Jane came to our place to visit us. 珍來我們的家拜訪我們。

Jack never eats carrots. He hates them. 傑克從不吃紅蘿蔔。他討厭它們。

He loves her, but she doesn't love him. 他愛她，但她不愛他。

Lisa doesn't drink coke. She dislikes it. 麗莎不喝可樂。她不喜歡它。

看相關文法

Lesson 31　人稱詞所有格代名詞變化

人稱詞主格與受格

　　學了人稱詞主格、所有格和所有格代名詞後，你是否發現，在知道討論的主題或人物是什麼的情況下，使用它們都可以避免「厭煩」的感覺（還節省了口水和說話的時間）。像 I love Jolin. She can dance well.（我愛裘琳。她跳舞跳得很好。）以及 I love Jolin. I want to hug her.（我愛裘琳。我想要擁抱她。）兩例中的第二句都為避免重複提到名字 Jolin，而使用相當於中文裡的「她」來代替。不過，雖然中文都是「她」，在英文裡可就不同囉。第一例的「她」是做出跳舞動作的人，我們要用「人稱詞主格」she。第二例的「她」是接受擁抱動作的人，我們要用「人稱詞受格」**her**。

　　人稱詞受格有哪些呢？它們該如何記住？一起來看看下面的口訣：

人稱代名詞	主格	受格	口訣
我	I	me	I 變 me，我最甜蜜。
你 / 你們	you	you	you 還是 you，你最忠心。
它 / 牠	it	it	it 還是 it，牠最討喜。
他	he	him	he 變 him，他閉嘴。
她	she	her	she 變 her，她喝水。
我們	we	us	we 變 us，我們餓死。
他們	they	them	they 變 them，他們累死。

　　人稱詞主格變受格時，除了 you 和 it 不變外，其他的都變了樣子。試試看上面的口訣，也許你可以很輕易就記住這些人稱詞受格囉。像 he 變 **him**，從原來唸 he 時的嘴巴開開，到唸 him 時的嘴巴閉閉，是不是很像要人閉嘴啊？she 變 **her**，從原來唸 she 時的嘴巴嘟嘟，到唸 her 時的嘴巴扁扁，是不是很像要喝水呢？

人稱詞受格的句型

　　人稱詞受格一般出現在句子的哪裡呢？它們一般出現在動詞的後面，當作動詞的受詞，我們來看看下面的例句吧：

A：Do you call your mom every day?　你每天打電話給你的媽媽嗎？
B：Yes, I call **her** every day.　是的，我每天都打給她。

A：Do you like English?　你喜歡英文嗎？
B：Yes, I like **it**.　是的，我喜歡它。

A：Do you want these apples?　你要這些蘋果嗎？
B：No, I don't want **them**.　不，我不要它們。

文法小診所

1. 人稱詞受格還可以放在介系詞後面

人稱詞受格一般除了出現在動詞後面外，也會出現在介系詞之後喔！例如：

I love Jolin. I want to make cake **for her**.

我愛裘琳。我想要為她做一個蛋糕。

這裡的 for 表示「為了…」，是一個介系詞（請看 Lesson 67 的文法小診所），後面接上人稱詞受格 her，就能表示「為了她」的意思。我們再多看幾個例句吧：

A：Would you like to see a movie **with me**? 你想要跟我去看電影嗎？

B：Yes, I would like to see a movie **with you**. 好啊，我想跟你去看電影。

Jack is shy. Don't look **at him**. 傑克很害羞。不要看他。

Mom always makes dinner **for us**. 媽媽總是為我們做晚餐。

147

myself
我自己唷！

mp3 ★33

線上音檔

我自己，**myself**；我們自己，**ourselves**。

講到我自己就要加 self。

self

selves

講到我們自己就要加 selves。

 **文法大重點**

「你自己」、「我自己」、「他／她／它／牠自己」、「你們自己」、「我們自己」、「他們自己」等在文法上稱為「反身格」。形成反身格的方式有兩種，一種是「所有格＋self／selves」，另一種則是「受格＋self／selves」。

 **實例馬上看**

A：Do you love **yourself**? 你愛你自己嗎？

B：Yes, I love **myself**. 是的，我愛我自己。

A：Can you go home **yourselves**? 你們可以自己回家嗎？

B：Yes, we can go home **ourselves**. 是的，我們可以自己回家。

John doesn't want to eat dinner by **himself**. 約翰不想獨自一人吃晚餐。

The dog is looking at **itself** in the mirror. 那隻狗正在看著鏡子裡的自己。

認識反身格

到這一課為止，我們已經學了好多人稱代名詞了唷，包括主格、所有格、所有格代名詞和受格等。啊，忘記了嗎？看看下面的表格複習一下！這一課我們要學的是「反身格」，也就是我自己（**myself**）、你自己（**yourself**）、他 / 她 / 它 / 牠自己（**himself / herself / itself**）、我們自己（**ourselves**）、你們自己（**yourselves**）、他們自己（**themselves**）等詞。形成反身格的方式有兩種，跟我、你有關的反身格是「所有格＋**self / selves**」，而跟他 / 她 / 它 / 牠有關的反身格則是「受格＋**self / selves**」。

人稱代名詞	主格	所有格	受格	所有格代名詞	反身格
我	I	my	me	mine	myself
你	you	your	you	yours	yourself
我們	We	our	us	ours	ourselves
你們	you	your	you	yours	yourselves
他們	they	their	them	theirs	themselves
他	He	his	him	his	himself
她	she	her	her	hers	herself
它 / 牠	It	its	it	its	itself

何時使用反身格

在說中文時，我們何時用到「自己」這個詞，在說英文時，也就會使用反身格。那麼，是哪些時候呢？

1. 當做出動作的主詞和接受動作的受詞是同一人時，例如：

I cut **myself**. 我割到我自己了。

-- 你不會說「我割到我了」。

John will take care of **himself**. 約翰會照顧他自己。

-- 你不會說「約翰會照顧他」，因為如果沒有加「自己」，就不知道這個「他」是指誰了。

所以，「我喜歡自言自語」該怎麼說呢？沒錯，就是 I like to talk to myself.。

2. 當我們想要表達自己獨立完成或進行某事時，例如：

I eat dinner **by myself**. 我自己一個人吃飯。

Jill went to Japan **by herself**. 吉兒自己一個人去日本。

當我們想要表達自己獨立完成或進行某事的句子時，我們可以在句尾加上 by myself, by yourself, by himself, by ourselves, by themselves ... 等。

文法小診所

1. 有時當我們想要強調「本身」、「本人親自」時，也會用到反身格，例如：

She wants to check it **herself**.

她想要本人親自檢查它。

The wine **itself** is tasty, but the bottle is really ugly.

這酒本身味道不錯，但瓶子真是難看。

2. 還有一些常用且跟反身格有關的片語，包括 enjoy oneself（玩得愉快）、lose oneself（迷失自己，迷路）、help oneself（自己來）等，例如：

We **enjoyed ourselves** in the amusement park.
我們在遊樂園玩得很愉快。
Jenny **lost herself** in the forest last night.
珍妮昨晚在森林裡迷路。
If you want to eat something, just **help yourself**.
如果你想吃些東西，請自己來。

希望有了這本書，你可以自己獨力教自己英文唷！Teach yourself English by yourself！

this, that
要這個還是那個啊？

 一句話速記

線上音檔

這裡的這個要用 this，那裡的那個要用 that。

文法大重點 指示詞 **this**（這個）、**that**（那個）、**these**（這些）、**those**（那些）用來指示說話者和他所指的人事物距離的遠近。this, these 用來指距離說話者較近的人事物；that, those 用來指距離說話者較遠的人事物。

 實例馬上看

This is my pencil.　這是我的鉛筆。
＝**This** pencil is mine.　這支筆是我的。

That is your book.　那是你的書。
＝**That** book is yours.　那本書是你的。

These are not Jenny's toys.　這些不是珍妮的玩具。
Those are not Peter's robots.　那些不是彼得的機器人。

文法輕鬆說

認識指示詞

　　this（這個）、that（那個）、these（這些）、those（那些）稱為「指示詞」，也就是用來指示說話者和他所指的人事物之間，距離的遠近。this, these 用來指距離說話者較近的人事物；that, those 用來指距離說話者較遠的人事物。另外，this, that 用於指示單數名詞，而 these, those 則用於指示複數名詞。

指示詞的功能

　　指示詞 this, that, these, those 有兩種功能喔！一種是當「代名詞」使用，後面接動詞，例如：

This is a lion.　**That** is a tiger.　Can you tell the difference?
這是一隻獅子。那是一隻老虎。你能分辨牠們的不同嗎？

These are horses.　**Those** are zebras.　They look alike.
這些是馬。那些是斑馬。他們看起來好像。

另外一種則是當「形容詞」使用，後面接名詞，例如：

This boy is Jim. **That** boy is Tim. They are both my good friends.
這個男孩是吉姆。那個男孩是提姆。他們兩個都是我的好朋友。

I don't like **these** roses. I like **those** lilies.
我不喜歡這些玫瑰花。我喜歡那些百合花。

文法小診所

1. 當提問者使用 this 和 that 時，回答者可以使用 he / she / it 來回答，例如：

A：Who is **that** girl? 那個女孩是誰？

B：**She** is Candy. 她是坎蒂。

A：What is **this**? 這是什麼？

B：**It's** an eraser. 它是橡皮擦。

同樣地，當提問者使用 these 和 those 時，回答者則可以使用 they 來回答，例如：

A：What are **these**? 這些是什麼？

B：**They** are pencils. 它們是鉛筆。

A：Can you eat **these** chips for me? 你能幫我吃這些洋芋片嗎？

B：Yes, I can eat **them** for you.

好，我可以幫你吃它們。

--「它們」在動詞「吃」之後，所以要使用受格 them。

each, both
兩個都買可以嗎？

一句話速記

線上音檔

一個一個是 **each**，兩個一起是 **both**。

嘿嘿！我們不用綁在一起跑！

each

both

文法大重點 數量詞 **both** 用於兩者，指「兩個都…」；**each** 用於兩者以上的每個，指「每一個都…」。

實例馬上看

Read **each** of the sentences carefully. 仔細地讀每一個句子。

Read **both** of the sentences carefully. 仔細地讀這兩個句子。

Each of the books is a different color. 每一本書都是不同的顏色。

Both of the books are interesting. 這兩本書都很有趣。

Each of the players has three cards. 每一位玩家都有三張卡片。

Both of my parents have to see a doctor. 我父母兩位都必須去看醫生。

看相關文法

Lesson 36　every 與 all

文法輕鬆說

each 與 both 的不同

each 指「每一個」，強調團體中的「個別性」而非「全體性」。例如：

Each of the students got a letter from Miss Chen.
每個學生都收到了一封來自陳老師的信。

此處強調一人一封。而 **both** 指「兩個」，例如：

Both of my brothers got postcards from Uncle Wang.
我的兩位弟弟都收到了王叔叔的卡片。

此處強調兩人都收到了卡片。

當代名詞使用的 each 與 both

each 和 both 可以當代名詞使用，這時它們的後面通常會接上 of 這個介系詞。of 是指「…的」，each of 就會指「…的每一個」，而 both of 就會指「…的兩個」，例如：

Each of the cats will get a bowl of milk.
這些貓裡的每一隻都會得到一碗牛奶。
Both of these cats are hungry.
這兩隻貓都很餓。

因為使用了 of，所以強調出了某個固定的範圍。像第一句說這些貓裡的每一隻（each of the cats）都會得到一碗牛奶，那麼另外一邊的那些貓就不在這個範圍以內了。

當形容詞使用的 each 與 both

each 和 both 也可以當形容詞使用，後面接名詞，這時就不會有 of 出現，例如：

Each cat will get a bowl of milk.

每一隻貓都會得到一碗牛奶。

-- 沒有使用 of，不限定範圍，所以你看到的貓都可以得到一碗牛奶。

Both Kitty and Mimi will have milk to drink.

凱蒂和咪咪兩個都會有牛奶喝。

-- 名字都已經寫出來了，所以不用再另外用 of 界定範圍囉。

文法小診所

1. 讓我們多看一些 each 和 both 的其他用法吧！

each 的其他用法：

❶ The students **each** have a schoolbag. 這些學生每一位都有一個書包。
主詞 the students（這些學生）是複數名詞，所以使用複數動詞 have。

❷ **Each** student has a schoolbag. 每一位學生都有一個書包。
主詞 each student（每一位學生）是單數名詞，所以使用單數動詞 has。

❸ **Each of** the students has a schoolbag. 這些學生中的每一位都有一個書包。
主詞 each（每一位）是單數名詞，所以使用單數動詞 has。

❹ **Each of** us earns ten dollars.＝We **each** earn ten dollars.＝We earn ten dollars **each**.
我們每個都賺十美元。

both 的其他用法：

❶ I was **both** tired **and** hungry when I got home.
當我到家時，我不但累了也餓了。-- both A and B 的句型。

❷ Mom and Dad **both** exercise every day.
媽媽和爸爸兩人每天都做運動。-- both 可放在一般動詞之前。

❸ Mom and Dad are **both** healthy.
媽媽和爸爸兩人都很健康。-- both 可放在 be 動詞之後。

❹ **Both of** my parents are healthy.＝**Both** my parents are healthy.
我的父母兩人都很健康。-- both 可直接在所有格之前，而將 of 省略。

（數量詞）

every, all
每一個都要，那就是全部要囉？！

每個每個是 every，all 就全部在一起。

文法大重點 every 是指三個以上團體中的「每一個」，而 all 則是指三個以上團體中的「全部」。

Every car has wheels. 每一台車都有輪子。

All cars have wheels. 所有的車都有輪子。

Every woman wants to get more clothes. 每個女人都想要有更多的衣服。

All women want to get more clothes. 所有的女人都想要有更多的衣服。

I have read **every** one of those books. 我已讀了那些書裡的每一本。

I have read **all** of those books. 我已讀了那些書的全部。

Lesson 35 each 與 both

every 與 all 的不同

　　every 是「每一個」的意思，它強調團體中的「全體性」而非「個別性」（這和 each 強調團體中的「個別性」而非「全體性」恰恰相反）。例如：

Every student has to write a letter to Miss Chen.
每個學生都必須寫一封信給陳老師。

　　此處強調「大家」都要做這件事。**all** 是「所有」的意思，它和 both 不同的地方在於，both 是指「兩者」，而 all 則是指「三者以上，全部」的意思。例如：

All of my friends are tall and thin. 我的朋友全部都又高又瘦。

　　此處強調所有的朋友都是既高且瘦。

every 只能當形容詞使用

　　雖然 every 是「每一個」的意思，但因為它強調團體中的「全體性」，所以它與 all「所有，全部」的意思非常相似。every 和 each, both, all 最大的不同，在於 each, both, all 都可以當代名詞和形容詞使用，但 every 只能當形容詞使用，不甘寂寞的形容詞後面一定要加名詞作伴唷！讓我們看看以下的例句：

I have read **both** of these books. 我已讀了這兩本書。
-- both 當代名詞使用，強調兩本書都讀過了。
I have read **each** of these books. 我已讀了這些書裡的每一本。
-- each 當代名詞使用，強調每一本書都讀過了。
I have read **all** of these books. 我已讀了這些書的全部。
-- all 當代名詞使用，強調所有的書都讀過了。

I have read **every** of these books.（X）
I have read **every one** of these books.（O）
我已讀了這些書裡的每一本。
-- every 當形容詞使用，強調全部的每一本書都讀過了。形容詞後面一
定要有名詞或代名詞作伴，所以這裡加進了代名詞 one（一個）。

此外，every 後面所接的動詞，和 each 一樣，通常都是單數動詞喔！請
看下面的例句：

Every boy and (**every**) girl **has** to pay fifty dollars for the trip.
每一位男孩和女孩都要付 50 元作為旅費。

雖然句子中有男孩和女孩，但因為是指每一位，所以還是要接單數動詞
has。all 後面所接的動詞，則和 both 一樣，通常都是複數動詞。不過，如果
所指稱的東西是不可數名詞，還是要用單數動詞喔！請看下面的例句：

All of the bananas **are** gone. 所有的香蕉都不見了。
-- 香蕉在此是可數複數名詞，所以接複數動詞 are。

All of the rice **is** gone. 所有的米都不見了。
-- 米是不可數名詞，所以接單數動詞 is。

文法小診所

1. every（每一個）和 each（每一個）的微妙不同

前面提過 every 強調團體中的「全體性」，而 each 強調團體中的「個別性」。除此之外，every 會放在較大的數目之前，each 則會放在較小的數目之前。看看下面的例句囉：

I want visit **every** country in the world.
我想要拜訪世界上的每一個國家。

世界上的國家數目夠多了吧，所以用 every 來表示。

I have been to **each** of the countries on the list.
我已經去過名單上的每一個國家。

名單上可能只有幾個國家，例如日本、法國、美國等，所以用 each 來表示。另外，如果某個東西的總數為兩個時，我們用 each 而非 every，例如我們會用 each hand 而不是 every hand，因為一個人只會有兩隻手嘛！

2. all 和 both 在句子中的位置

	all 所有，全部	both 兩個
放在句首	**All** of them are from Japan. 他們全部都來自日本。 **All** my brothers are naughty. 我所有的弟弟都很頑皮。	**Both** of them are from Japan. 他們兩位都來自日本。 **Both** my parents are nice. 我父母兩位人都很好。
放在一般動詞前面	They **all** like playing soccer. 他們全都喜歡踢足球。	They **both** like playing soccer. 他們兩人都喜歡踢足球。
放在 be 動詞後面	They are **all** funny. 他們全都很有趣。	They are **both** funny. 他們兩個都很有趣。

some, any
還有沒有多的呢？

mp3 ★ 37 一句話速記

some 先生愛說要；**any** 小姐偏不要，只喜歡跟著問號。

文法大重點　**some** 是「一些」的意思，通常用在肯定句。**any** 是「任何」的意思，通常用在疑問句及否定句。

 實例馬上看

（肯定句）Sam bought **some** chips. 山姆買了一些洋芋片。

（否定句）Anny didn't buy **any** chips. 安妮沒有買任何洋芋片。

（肯定句）Sam has **some** work to do. 山姆有一些工作要做。

（否定句）Anny doesn't have **any** work to do. 安妮沒有任何工作要做。

（疑問句）Do you have **any** cookies to eat? 你有任何餅乾可以吃嗎？

some 與 any 的不同

some 是「一些」的意思，多用在肯定句。它可以當代名詞使用，例如：

Some of the students are Koreans.

這群同學裡一些是韓國人。

Some like chocolate and some don't.

一些人喜歡巧克力，而一些人不喜歡。

some 更常當形容詞使用，例如：

Some people like to stay at home during weekend.

有些人週末時喜歡待在家裡。

I got **some** cookies from my grandma. 我從祖母那裡拿到了一些餅乾。

any 是「任何」的意思，也有代名詞及形容詞的用法，多用在疑問句及否定句。例如：

A：Do you know **any** students in their class?

你認識他們班上的任何學生嗎？-- any 當作形容詞。

B：No, I don't know **any** of them.

我不認識他們之中的任何一位。-- any 當作代名詞。

some 雖然多用在肯定句，但有時也會出現在疑問句喔！any 雖然多用在疑問句及否定句，但有時卻會出現在條件句或肯定句當中。別緊張，我們來看一下，哪些句子沒有遵守「山姆」和「安妮」的規則：

（some 用於疑問句）

Would you like **some** coffee? 你想喝些咖啡嗎？

May I have **some** water to drink? 我可以喝些水嗎？

（any 用於條件句）

If you have **any** news about her, please tell me.

如果你有關於她的任何消息，請告訴我。

（any 用於肯定句）

You can take **any** bus. They all go to the same place.

你可以搭任何一輛公車。它們全都去相同的地方。

A：Which toy should I buy? 我該買哪個玩具？

B：**Any** is fine. I will pay for it. 任何玩具都可以。我會付錢。

1. some, a few, a little 都指「一些」，但有點不同！

some, **a few**, **a little** 的意思都是「一些」，但 a few 只能接可數名詞，而 a little 只能接不可數名詞。some 的後面則兩者皆可使用。讓我們看看以下的例句：

There are **some** apples on the table.＝There are **a few** apples on the table.
桌上有一些蘋果。-- 蘋果是可數名詞，使用 a few。
There is **some** water in the glass.＝There is **a little** water in the glass.
杯子裡有一些水。-- 水是不可數名詞，使用 a little。

2. 「every / some / any + one / body」的合體

every / some / any 有兩個共患難的生死之交：one 和 body。他們的感情超級好，喜歡湊在一塊兒，所以常常可以看到 **everyone** / **someone** / **anyone** 以及 **everybody** / **somebody** / **anybody**，他們其實是「每個人 / 某個人 / 任何人」的意思，你應該很常聽到他們，比方說：

Everyone / **Everybody** gets a present. 每個人都得到一個禮物。
Someone / **Somebody** lost a watch. 某個人掉了一支手錶。
Is there **anyone** / **anybody** home? 有任何人在家嗎？

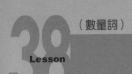

38 Lesson （數量詞）
one, another, the other
分三堆就對了！

線上音檔

一用 **one**，二用 **another**，三用 **the other**。

文法大重點

one ... **the other** 分成兩個部分，單數時使用；
some ... **the others** 分成兩個部分，複數時使用。
one ... **another** ... **the other** 分成三個部分，單數時使用；
some ... **others**... **the others** 分成三個部分，複數時使用。

實例馬上看

I have two crayons. **One** is black, and **the other** is white.
我有兩支蠟筆。一支是黑色的，其餘那支是白色的。

I have three pencils. **One** is green, **another** is yellow, and **the other** is pink.
我有三支鉛筆。一支是綠色的，另一支是黃色的，其餘那支是粉紅色的。

Tim has a lot of postcards. **Some** are from Japan, **others** are from Europe, and **the others** are from the US.
提姆有很多明信片。有些來自日本，另外一些來自歐洲，其餘那些來自美國。

分兩堆或分三堆

　　我有「兩隻」寵物，「一隻」是貓咪，「另一隻」是小狗。我的哥哥會說「三種」語言，「一種」是英語，「另一種」是法語，「最後一種」是德語。「有些」動物很兇猛，「另一些」動物則很溫馴。當我們提及的人事物有一定範圍或沒有一定範圍，在一一介紹的時候，習慣會分成兩堆或三堆。這個時候的英文該怎麼說呢？讓我們看看以下的例子吧！

1. 不設定範圍時使用的字：**one**（其中一個）、**another**（另外一個）和 **some**（一些）、**others**（另外一些）

❶ 用於單數名詞時：one ..., another ...（一個…，另一個…）
I don't like this **one**. Please give me **another**.
我不喜歡這一個。請給我另外一個。
-- 在多個之中做選擇，不設定範圍。

❷ 用於複數名詞時：some ..., others ...（有些…，另一些…）
Some people like to eat out and **others** like to cook by themselves.
有些人喜歡出去吃，而有些人喜歡自己煮來吃。

2. 設定範圍時使用的字：分兩堆有 **one**（其中一個）、**the other**（另外那個）和 **some**（一些）、**the others**（另外那些）。分三堆有 **one**（其中一個）、**another**（另外一個）、**the other**（其餘那個）和 **some**（一些）、**others**（另外一些）、**the others**（其餘那些）。比不設定範圍時多了一個 the other(s)（其餘那個／些）。為什麼要加 the 呢？既然有範圍，又是剩下的最後一堆，當然要用有指定意味的 the 囉！

❶ 用於單數名詞時
A. 分兩個：one ..., the other ...（一個…，其餘那個…）
I have two dolls. **One** is Hello Kitty, and **the other** is Mickey Mouse.
我有兩個娃娃。一個是凱蒂貓，其餘那個是米老鼠。

B. 分三個：one ..., another ..., the other ...（一個…，另一個…，其餘那個
…）

My sister has three dolls. **One** is Hello Kitty, **another** is Mickey
Mouse, and **the other** is Doraemon.

我妹妹有三個娃娃。一個是凱蒂貓，另一個是米老鼠，其餘那個是
哆啦Ａ夢。

❷ 用於複數名詞時

A. 分兩堆：some ..., the others ...（一些…，其餘那些…）

I bought lots of fruit. **Some** are apples, and **the others** are bananas.
我買了很多水果。一些是蘋果，其餘那些是香蕉。

B. 分三堆：some ..., others ..., the other ...（一些…，另一些…，其餘那
些…）

I bought some stationery. **Some** are erasers, **others** are rulers,
and **the others** are pencils.

我買了一些文具。有些是橡皮擦，另一些是尺，其餘那些是鉛筆。

❸ 單複數名詞混在一起使用時

We have four pets at home. **One** is a cat, and **the others** are dogs.
我們家有四隻寵物。一隻是貓，其餘的是狗。

We have four masks. **One** is a witch, **another** is a pumpkin, and **the
others** are ghosts.

我們有四種面具。一個是巫婆面具，另外一個是南瓜面具，其餘的是鬼
面具。

文法小診所

1. 你不可錯過的與 other 有關的片語

❶ On the one hand, ... on the other hand, ...（一方面，…；另一方面，…）

On the one hand, they want to have kids, but **on the other hand**, they don't want to give up their freedom.

一方面，他們想要有孩子；但另一方面，他們又不想放棄他們的自由。

❷ one after another / the other（一個接著一個）

The students got into the classroom **one after the other**.

學生們一個接著一個進入了教室。

❸ every other ...（每隔…）

I play tennis with my brother **every other** Saturday, so I play twice a month.

我每隔一個星期六就跟我哥哥打網球，所以我一個月打兩次。

❹ each other（彼此）

They don't like **each other**. 他們不喜歡彼此。

many, much
媽媽有很多愛心，要用哪一個呀？

線上音檔

一句話速記

many 用在可數，**much** 用在不可數。

Make a wish!

many hamburgers

much water

文法大重點　**many** 和 **much** 都是指「很多」，但 many 代替或接可數名詞，而 much 代替或接不可數名詞。

實例馬上看

A：Do you have **many** dolls?　你有很多洋娃娃嗎？

B：No, I don't have **many**.　不，我沒有很多。

A：Is there **much** water in the glass?　杯子裡有很多水嗎？

B：No, there isn't **much**.　不，沒有很多。

Many people like to drive fast.　很多人喜歡開快車。

Don't eat too **much** chocolate.　不要吃太多的巧克力。

many 與 much

　　many 和 much 都是指「很多」。當代名詞時，many 代替可數名詞，much 代替不可數名詞。當形容詞時，它們就等於 a lot of, lots of，指「很多的…」，後面接名詞，不過 many 後面要接可數名詞，much 後面要接不可數名詞；a lot of, lots of 後面則兩者皆可使用。這是不是和 some, a few, a little 的情形很像呢？我們看看下面的表格吧：

中文解釋	＋可數名詞	＋不可數名詞	兩者皆可
一些的…	a few	a little	some
很多的…	many	much	a lot of / lots of

　　一般而言，many 和 much 多用在疑問句或否定句，而 a lot of / lots of 多用在肯定句。例如：

A：Do you have **many** friends at school?　你在學校有許多朋友嗎？
B：（肯定）Yes, I have **lots of** friends at school.
　　　　　　是的，我在學校有許多朋友。
B：（否定）No, I don't have **many** friends at school.
　　　　　　不，我在學校沒有許多朋友。

A：Do you have **much** hair?　你有很多頭髮嗎？
B：（肯定）Yes, I have **a lot of** hair.　是的，我有很多頭髮。
B：（否定）No, I don't have **much** hair.　不，我沒有很多頭髮。

how many 與 how much

　　此外，當我們詢問數量時，會使用「**how many**＋可數名詞」或「**how**

much＋不可數名詞」來表示。因為 how many 接的是可以數的「可數名詞」，回答問題時通常會使用「數字」，而 how much 則通常以 some（一些）、much（許多）、no（沒有）、a little（一點）來回答。讓我們看看例句吧：

A：**How many** apples are there in the box? 箱子裡有多少顆蘋果？
B：There are three apples. 有三顆蘋果。

A：**How many** pencils are there in your pencil case?
　　你的鉛筆盒裡有幾支筆？
B：There is one. 有一支。

A：**How many** brothers do you have? 你有幾個兄弟？
B：I have three. 我有三個。

A：**How much** water is there in the glass? 杯子裡有多少水？
B：There is a lot. 有很多。
　　There is some. 有一些。
　　There is a little. 有一點。
　　There isn't much. 沒有很多。
　　There is no water. 沒有水了。

A：**How much** money do you have? 你有多少錢？
B：I have a lot. 我有很多。
　　I have some. 我有一些。
　　I have a little. 我有一點。
　　I don't have much. 我沒有很多。
　　I have no money. 我沒有錢。

1. 老闆，這個多少錢？-- How much is it?

　　當我們詢問數量時，可以使用「how many＋可數名詞」或「how much＋不可數名詞」來表示，但當我們詢問價錢時，可就不一樣囉！當我們問多少錢時，無論是單數名詞還是複數名詞，一律都要使用 how much，而且問價錢的東西也不是直接接在 how much 後面，請看看買東西時該如何問價錢吧：

A：**How much** are the apples?　這些蘋果要多少錢？
B：They are twenty dollars each.　它們一個 20 元。

A：**How much** is the hamburger?　這個漢堡要多少錢？
B：It's ten dollars.　一個十元。

A：**How much** is the broccoli?　這個花椰菜要多少錢？
B：It's thirty dollars.　它要 30 元。

one, first
叫我第一名！！

線上音檔

mp3 ★ 40

one 是一，不是冠軍；first 才是第一名。

我竟然不是
第一名…

first
1

one
2

文法大重點 在英文裡，數字有分「基數」和「序數」。基數就是指普
通的數字，像 one（一）、two（二）、three（三）、
…，它們用來表示事物的數量。序數是指有順序的數字，像
first（第一）、second（第二）、third（第三）、…，
用來表示事物的次序和日期。

There is only **one** bus to town. 只有一班公車去鎮上。

He took the **first** bus to town. 他搭第一班公車去鎮上。

There are **two** rooms in this apartment. 這層公寓有兩個房間。

My sister lives on the **second** floor in this apartment building.

我姊姊住在這棟公寓大樓的第二樓。

There are **three** people in my family. 我家有三個人。

I'm the **third** child in my family. 我在家排行第三。

文法輕鬆說

基數與序數

　　one（一）、two（二）、three（三）、four（四）…是英文裡的「基數」，用來表示事物的數量；first（第一）、second（第二）、third（第三）、fourth（第四）…是英文裡的「序數」，用來表示事物的次序和日期。序數顧名思義，就是關於順序的數。在中文裡它可簡單多了，只要在數字前面加上「第」，就可以一路從第一說到第一百。英文就沒有這麼容易囉！不但前面要戴大帽子 the 或「所有格」 my / your / his / her ...，字尾也要依情況改變喔！我們先來看看英文的序數有哪些吧：

中文	英文	縮寫	中文	英文	縮寫	中文	英文	縮寫
第一	first	1st	第十一	eleventh	11th	第二十一	twenty-first	21st
第二	second	2nd	第十二	twelfth	12th	第二十二	twenty-second	22nd
第三	third	3rd	第十三	thirteenth	13th	第二十三	twenty-third	23rd
第四	fourth	4th	第十四	fourteenth	14th	第二十四	twenty-fourth	24th
第五	fifth	5th	第十五	fifteenth	15th	第二十五	twenty-fifth	25th
第六	sixth	6th	第十六	sixteenth	16th	第二十六	twenty-sixth	26th
第七	seventh	7th	第十七	seventeenth	17th	第二十七	twenty-seventh	27th
第八	eighth	8th	第十八	eighteenth	18th	第二十八	twenty-eighth	28th
第九	ninth	9th	第十九	nineteenth	19th	第二十九	twenty-ninth	29th
第十	tenth	10th	第二十	twentieth	20th	第三十	thirtieth	30th

序數寫法的規則

序數的寫法有規則可循嗎？有喔，請看：

❶ first（第一）、second（第二）、third（第三）為不規則變化，要記起來喔！

❷ 從 4 到 19，在基數的字尾加 -th，如 six → sixth。

❸ 字尾有 -ve 者，去 -ve 加 -fth，如 five → fifth, twelve → twelfth。

❹ 字尾有 -e 者，去 -e 加 -th，如 nine → ninth。

❺ 字尾有 -ty 者，去 -y 加 -ieth，如 thirty → thirtieth。

❻ 從 21 到 99，只要將個位數改為序數即可，如 thirty-two → thirty-second。

❼ 序數的縮寫法：「阿拉伯數字＋字尾兩位英文字母」，如 second → 2nd。

何時使用序數

　　當我們提到數字或數量時，我們會使用基數，例如提到價格、身高、體重等。那麼，在哪些情況下我們會使用到序數呢？

1. 次序

We have six classes today. The **fifth** period is English class.

我們今天有六堂課。第五堂是英文課。

Today is my **seventh** birthday. 今天是我七歲生日。

-- 指出生後第七個年頭，也就是說，I am seven years old.（我七歲了。）

He was the **third** in the speech contest.

他在演講比賽中獲得了第三名。

2. 日期

My birthday is on the **seventh** of June.

我的生日在六月七日。-- 指六月的第七天。

Mother's Day is on the **second** Sunday of May.

母親節在五月的第二個禮拜天。

1. 英文日期怎麼寫？

中文習慣是由長時間寫到短時間，而英文剛好相反，喜歡從短時間寫到長時間！例如：

中文寫法：2010 年三月 28 號星期四
英文寫法：**Thursday, March 28th, 2010**

2. 英文分數怎麼寫？

用英文寫數學的分數時，分子要用基數，分母則要用序數。例如：

1 / 3：**one-third**
1 / 5：**one-fifth**
2 / 3：**two-thirds**（分子若大於 1，分母要記得加 **-s** 喔！）

不管中文或英文，在數字方面可不能隨便亂說喔！

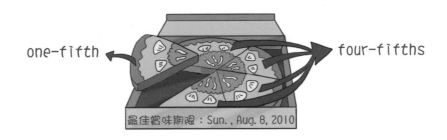

Chapter

3 疑問詞

那是「什麼」？你是「誰」？這是「誰的」？她在「哪裡」？…會問問題的小孩最聰明！跟疑問有關的詞，在英文裡就稱作「疑問詞」。疑問詞最常見的有七個：what（什麼）、who（誰）、whose（誰的）、where（哪裡）、how（如何）、when（何時）、why（為何），也就是俗稱的「6 W 1 H」。

疑問詞 **what** （Lesson 41）指「什麼」，主要用來詢問「事物」，例如 What is this?（這是什麼？）

疑問詞 **who** （Lesson 42）指「誰」，主要用來詢問「人」或「關係」，例如 Who is he?（他是誰？）回答時可以說 He is Tom.（他是湯姆。）或 He is my cousin.（他是我的表哥。）

疑問詞 **whose**（Lesson 43）指「誰的」，主要用來詢問「所有物」，例如 Whose watch is this?（這支是誰的手錶？）也可以說 Whose is this watch?（這支手錶是誰的？）

疑問詞 **where** （Lesson 44）指「哪裡」，主要用來詢問「地點」、「場所」，例如

Where are you?（你在哪裡？）Where is the MRT station?（捷運車站在哪裡？）

疑問詞 **how** （Lesson 45）在使用上非常頻繁，包括天氣、心情、程度、食物好不好吃、大小、年齡等等都可以拿 how 來問。所有關於「如何」、「怎樣」的事情，全部都交給 how 來發問就對了！例如 How is it today?（今天天氣如何？）How is the pizza?（披薩口味如何？）

疑問詞 **when** （Lesson 46）指「何時」，主要用來詢問「時間」，例如 When does the train leave?（火車幾點離開？）When does the show start?（表演何時開始？）

疑問詞 **why** （Lesson 47）指「為何」，主要用來詢問「理由」，例如 Why are you late?（你為什麼遲到？）Why do you lie?（你為什麼說謊？）

　　根據統計，疑問詞每天至少會提到五十次以上呢！搞懂疑問詞，自己也可以學到很多新知識，可說是好處多多。那麼，我們一起來認識英文的疑問詞吧！

What is it ?
那是什麼啊？

mp3 ★ 41

線上音檔

一句話速記

什麼，什麼，**what**，**what**；這是什麼，**What is this?**

文法大重點 疑問詞 **what** 指「什麼」，主要用來詢問「事物」。

實例馬上看

A：**What** is that on the floor?　地板上那個東西是什麼？
B：That is a carpet.　那是一張地毯。

A：**What** are you reading?　你正在讀什麼？
B：I'm reading a novel.　我正在讀一本小說。

What did he do last night?　他昨晚做了什麼？
What will they do tomorrow?　他們明天會做什麼？

文法輕鬆說

認識疑問詞

　　英文的疑問詞主要有五個：詢問人、事、時、地、物各有一個疑問詞。針對人，我們用 **who**；對時間，用 **when**；對地點，用 **where**；對事情的看法，用 **how**；對什麼事情或物體提出疑問，就是這課要講的 **what** 啦！

疑問詞 what

　　關於 what 這個疑問詞，它詢問的對象有很多，例如問別人的姓名，我們會說 **What** is your name?。問人家現在幾點鐘，我們會說 **What** time is it?。忘了今天星期幾，我們會問 **What** day is today?。只要是針對不知道的事情發問，都可以使用 what。

what 疑問句

　　what 疑問句怎麼造呢？簡單！請看這裡：

句型一：What＋be V（be 動詞）＋S（主詞）？

What	be V	S（通常是名詞）？	中文翻譯
What	is	your major?	你的主修科目是什麼？
What	are	his parents' jobs?	他父母親的職業是什麼？
What	is	his daughter's name?	他女兒的名字是什麼？

句型二：What＋be V／助動詞＋S＋V-ing（現在分詞）／V（原形動詞）...？

What	be V／助動詞	S	V-ing／V ...？	中文翻譯
What	are	you	eating now?	你正在吃什麼？
What	is	he	doing there?	他在那裡做什麼？
What	do	you	study?	你讀哪個科系？
What	does	his father	do?	他父親做什麼工作？

只要掌握上面的兩種句型，就可以造出愈來愈長的 what 疑問句囉，我們來練習看看：

They usually go to the beach on Sundays. 他們常在星期天去海邊。

畫上底線的部分就是可以用 what 來問的問題，問題會變成：「星期天時他們常做什麼？」怎麼變呢？既然是要問問題，我們先把上面的句子改成疑問句。別忘了，含有一般動詞的句子改成疑問句，需要助動詞 do, does, did 的幫忙。這裡是現在式，而且主詞是 they，所以我們用助動詞 do。因此，句子會變成這樣：

Do they usually go to the beach on Sundays?

go to the beach 現在是不知道的事情，所以我們打上問號，變成：

Do they usually ？ on Sundays?

最後，將問號改成 what 移到句首，再在原來的地方補上一般動詞 do（做），就大功告成啦：

What do they usually do on Sundays?

再來試試看另一句：

I am eating sandwich for breakfast. 我早餐吃三明治。

先改成疑問句：Are you eating ？ for breakfast? 再將問號改成 what 移到句首：What are you eating for breakfast?（你早餐吃什麼？）這樣就好啦！

1. what 還有一些特殊的用法！

❶ 表達驚訝

   What a beautiful park! 多麼美麗的公園啊！

   What a pretty girl! 多麼可愛的女孩啊！

   表達驚訝時，可以用「What a＋名詞！」這樣的句型。

❷ 問候用語

   What's going on? 怎麼了？

   What's with you? 你怎麼啦？

   what 很常在打招呼時的問候語句裡出現。

Who is that girl?
那個女孩是誰呢？

線上音檔

一句話速記

誰，誰，誰，who，who，who；你是誰，Who are you?

文法大重點 疑問詞 **who** 指「誰」，主要用來詢問「人」或「關係」。

實例馬上看

A：**Who** are you?　你是誰？

B：I am Scott, Julia's friend.　我是史考特，茱莉亞的朋友。

A：**Who** is he?　他是誰？

B：He is my husband, Elmer.　他是我的老公，埃默。

Who did you talk with?　你剛才跟誰講話？

Who is going to win the game?　誰將會贏得比賽？

疑問詞 who

who 這個疑問詞主要用來詢問「人」或「關係」，請大家先想想下面的句子該怎麼回答：

Who is that beautiful girl?　那個漂亮的女孩是誰？

回答一：I don't know. 我不清楚耶。

回答二：Oh!　She is my friend's classmate, Emily.
　　　　　喔！她是我朋友的同班同學，艾蜜莉。

回答三：Uh ... She is my sister.　嗯…她是我的姊姊。

看出來了嗎？上面第二和第三個回答都和「關係」有關，至於名字只是附帶一提而已！可見在詢問 who 的回答裡，表達出關係是很重要的啦！

Who 疑問句

那麼，who 的疑問句怎麼造呢？

句型一：Who＋be 動詞＋S（主詞）＋ ...（後面可視情況給予補充）？

Who	be 動詞	S	... ?	中文翻譯
Who	is	that girl	under the tree?	樹下的那位女孩是誰？
Who	is	your brother	?	你哥哥是哪位？
Who	are	those boys	in the park?	公園裡的那些男孩是誰？
Who	are	you	?	你是誰？

句型二：Who＋助動詞＋S（主詞）＋V ... ?

Who	助動詞	S	V ... ?	中文翻譯
Who	do	you	work for?	你為誰工作？（你在哪裡上班？）
Who	does	she	go out with?	她跟誰在約會？
Who	can	I	trust?	我可以相信誰？
Who	will	you	teach next year?	你明年要教誰？

看了這兩種句型，你是否能夠造出 who 疑問句呢？

That boy in the shop is <u>my brother</u>.
商店裡的那個男孩是我弟弟。

畫底線的部分可以用 who 來詢問。和造 what 疑問句一樣，我們先將這一句改成疑問句。同時，my brother 是不知道的事情，所以打上問號。這麼一來，句子就會變成：

Is that boy in the shop 　? 　?

最後，再將問號改成 who 移到句首，就大功告成啦：

Who is that boy in the shop?
商店裡的那個男孩是誰？

換你囉，試試看將 The girl next to Dan is <u>Nancy</u>. 改成 Who 疑問句吧！

1. 常用的 Who 疑問句

❶ **Who** do you think you are? 你以為你是誰啊？
  Who do you think I am? 你不知道我是誰嗎？

　　前一句是在諷刺自大狂妄的人，後一句則是在告訴別人不要小看自己。

❷ **Who** isn't / doesn't? 誰不是呢？誰不會呢？

　　這幾句表示「大家都是一樣的吧」。例如當有人說 I like summer! 時，你就可以用 Who doesn't? 來表示贊同。

❸ **Who** is it? 是誰？
  Who is this? 哪位？

　　當有人敲門而不知道是誰來時，或者有人在暗處而你看不清楚時，就可以使用第一句詢問。在電話裡，不清楚對方是誰時，就可以使用第二句詢問。回答時，則可以說 It's ... 或 This is ... speaking.，例如 It's May.（我是梅。）This is George speaking.（我是喬治。）

Whose iPod is this?
這是誰的 iPod？

線上音檔

一句話速記

誰的，誰的，whose，whose；這是誰的，**Whose is this?**

文法大重點 whose 指「誰的」，主要用來詢問「所有物」。後面可以接名詞，例如 Whose pen is this?（這是誰的筆？）或是接 be 動詞，例如 Whose is this pen?（這支筆是誰的？）

實例馬上看

A：**Whose** bag is this? 這是誰的袋子？
B：It's mine. 是我的。

A：**Whose** gloves are these? 這雙是誰的手套？
B：They're Paggie's. 它們是佩姬的。

Whose is this bag? 這個袋子是誰的？
Whose are these gloves? 這雙手套是誰的？

文法輕鬆說

疑問詞 whose

被「文法大重點」裡的那兩個例句搞混了嗎？這兩句有差別嗎？

哎啊！雖然問的東西都是一樣的，但文法上就是要分別它們的差異。不過偷偷告訴你，**Whose** pen is this? 這種句子是最常用的！這裡的 **whose** 當「疑問形容詞」使用。**Whose** is this pen? 裡的 **Whose** 則當「疑問代名詞」使用。我們就來看看這兩種用法囉：

1. whose 當疑問形容詞使用

Whose eraser? 誰的橡皮擦？
Whose socks? 誰的襪子？

上面的 whose 都是疑問形容詞，用來修飾後面的名詞。我們知道，它們還不算是完整的句子。想一想我們學過的 What is this? 和 Who are they? 這些疑問句，一個文法正確的疑問句至少要有疑問詞和動詞。沒錯，whose 這種疑問句也是相同的，所以我們將上面的例句稍微修改一下，變成下面這樣：

Whose eraser is this? 這是誰的橡皮擦？
Whose socks are those? 那些是誰的襪子？

因此，我們可以歸納出第一種句型。

句型一：Whose＋S（主詞）＋V ... ?

Whose	S	V	... ?	中文翻譯
Whose	pencil	is	this?	這是誰的鉛筆？
Whose	car	is	that?	那是誰的車？
Whose	ball	is	under the tree?	樹下是誰的球？
Whose	books	are	on the desk?	書桌上是誰的書？

191

是我的啦！學會句型一後，我們該怎麼回答呢？你可以簡單回答：

❶ It's mine / yours / his / hers / its / ours / theirs.
　 是我的 / 你（們）的 / 他的 / 她的 / 它的 / 我們的 / 他們的。

❷ It's＋人名所有格。例如：It's Stan's.（是史丹的。）

2. whose 當疑問代名詞使用

❶ 這是誰的書？
❷ 這書是誰的？

　　這兩句都是在問「書屬於誰」，但表達方式就是不一樣！第一句可以寫成 **Whose** book is this?，是句型一的表達方式，whose 當疑問形容詞來修飾 book。第二句則可以寫成 **Whose** is this book?，也就是這裡要介紹的第二種句型，whose 當疑問代名詞使用。

句型二：Whose＋V＋S（主詞）＋...？

Whose	V	S ... ?	中文翻譯
Whose	is	this pencil	這支鉛筆是誰的？
Whose	is	that car?	那台車是誰的？
Whose	is	the ball under the tree?	樹下的球是誰的？
Whose	are	the books on the desk?	書桌上的書是誰的？

　　遇到句型二的詢問，若要回答「書是我的」，可以有兩種說法：

❶ This is my book. 這是我的書。

❷ This book is mine. 這本書是我的。

第一句的 my 是「所有格形容詞」，拿來修飾 book。第二句的 mine 是「所有格代名詞」，拿來代替 my book。

文法小診所

1. whose 的口語用法

在這一課裡面，我們介紹了兩種 whose 疑問句的句型，比較常用的是第一種。當然啦，在口語上我們可以小小偷懶，當詢問某樣東西是誰的時，可以省略動詞，直接使用「Whose + N（名詞）」。例如：

Whose iPod? 誰的 iPod？
Whose puppy? 誰的小狗？

就像這樣，是不是超簡單啊？

Where is the fly?
蒼蠅在哪裡呢？

線上音檔

一句話速記

哪裡，哪裡，where，where；你在哪裡，**Where are you?**

文法大重點 疑問詞 **where** 指「哪裡」，主要用來詢問關於「地點」、「場所」等。

實例馬上看

A：**Where** is my money? 我的錢呢？

B：It's in your pocket. 它在你的口袋裡。

A：**Where** is your cat? 你的貓去哪裡了？

B：It's under the sofa. 牠在沙發下面。

Where are we going? 我們要去哪裡？

Where do you want to go? 你想去哪裡？

where 疑問句

　　where，在哪裡啊在哪裡，主要用來詢問「地點或方向」以及「人或東西在哪裡」等，它也有兩種句型：

句型一：Where＋be 動詞＋S（主詞）＋...（後面可視情況給予補充）？

Where	be 動詞	S	...?	中文
Where	is	the park	?	那座公園在哪裡？
Where	is	your kid	going?	你的孩子正要去哪裡？
Where	are	you	from?	你從哪裡來？
Where	are	those boys	playing?	那些男孩正在哪裡玩？

句型二：Where＋助動詞＋S（主詞）＋V ...？

Where	助動詞	S	V ...?	中文
Where	do	you	go for holidays?	你去哪裡度假？
Where	does	she	eat dinner?	她在哪裡吃晚餐？
Where	did	his brother	fix the computer?	他哥哥之前去哪裡修電腦？
Where	will	you	go tomorrow?	你明天要去哪裡？
Where	can	I	date with him?	我可以在哪裡跟他約會？

　　回答東西或人在哪裡時，中文常會講「在公車上」、「在樹上」、「在學校裡」等等，那麼英文的「在⋯上」、「在⋯裡」又該怎麼表達呢？下面的圖也許能幫助你記憶：

上面的圖中，on, under, in 等這些詞在英文文法裡稱為「介系詞」。介系詞的使用，在口語英文裡，有時候分別並不大，例如 We are playing at / in the park. 其實都可以說是在公園裡玩。但有的時候，它們必須使用得很準確，以免別人搞不清楚究竟是在哪個地方。例如 The birds are under / on the tree.，看錯地方就找不到囉。在第五章裡會有更詳細的介系詞用法介紹，敬請期待！

對於 where 的用途，你是否認識清楚了呢？

文法小診所

1. 常用的 where 疑問句

學習疑問詞最有趣的地方，莫過於有一堆問句你時常都會聽到，但不一定知道它們的意思！這一課我們也要介紹一些常用的 where 疑問句，讓你順口溜一下，搞懂它們的意思，英語能力大滿貫。

❶ Where's the beef? 好處在哪裡？

這句話出自 1980 年代美國溫蒂漢堡（Wendy's）的廣告。廣告裡面有

個女人走到競爭對手的速食店，看到麵包大塊、牛肉小塊的漢堡，便開口問店員：Where's the beef?，意思是：「牛肉在哪裡啊？」廣告的用意是說，想要吃大片的牛肉，就快來溫蒂漢堡吃吧！這句話後來便引申為「好處在哪裡」的意思。

❷ **Where** else? 還能去哪？

如果有人問說 Where's Jack?（傑克在哪裡？），而有人回答 Where else?，意思就代表：「他還能去哪，不就在老地方嗎！」

❸ **Where** to? 去哪？

這是問人要去哪裡的簡短說法，超好用喔！！

❹ **Where** was I? 我講到哪了？

當有人打斷你的談話，而你忘記講到哪裡時，就可以用 Where was I? 來詢問聽你說話的人，請他給你一點提示囉。

How are you doing?
你過得如何呀？

線上音檔

一句話速記

如何，如何，how，how；你好嗎，How are you?

How are you, Sam?

我很好，妳呢？

文法大重點 疑問詞 **how** 指「如何」、「怎樣」，主要詢問包括天氣、心情、程度、食物美味與否、大小、年齡等。

實例馬上看

A：**How** is the weather in Russia now? 俄羅斯現在天氣如何？
B：It's very cold. 非常冷。

A：**How** are you today? 你今天好嗎？
B：Great, thank you. 非常好，謝謝你。

How big is your room? 你的房間多大？
How old is Roy's brother? 羅伊的哥哥幾歲？

疑問詞 how

　　how 這個疑問詞來頭可大了！他每天至少要被提到五次以上，包括：
How are you?（你好嗎？）**How**'s your school?（學校生活怎麼樣啊？）
How's your family?（家裡一切都好嗎？）**How**'s the weather?（天氣如何？）
How's everything?（一切都好嗎？）等等，究竟 how 為什麼這麼重要呢？

　　how 所擔當的，就是詢問關於各種疑難雜症，例如心情、多少、程度、
請求、方式啊之類琳瑯滿目的問題，例如：

　　How is your father?　你父親還好嗎？

　　How long have you been here?　你來這裡多久了？

　　How was the trip to Bangkok?　曼谷之旅好玩嗎？

　　How about going to the movie?　去看電影如何？

　　How do I get to the MRT station?　我要如何抵達捷運站？

How 疑問句

　　看到這些非常生活的用語，有沒有立刻覺得 how 是這樣地平易近人呢？
就如同一般的疑問詞一樣，how 也是分成 be 動詞和一般動詞兩種句型：

句型一：How＋be 動詞＋S（主詞）＋...（後面可視情況給予補充）？

How	be 動詞	S	...?	中文
How	is	your boy	?	你家的小男孩還好吧？
How	is	her grades	?	她的成績如何？
How	was	the summer camp	?	夏令營如何？
How	was	the trip	to Cambodia?	柬埔寨之旅好玩嗎？

句型二：How＋助動詞＋S（主詞）＋V ...？

How	助動詞	S	V ...?	中文
How	do	you	come here?	你怎麼來這裡的？
How	does	she	lose her weight?	她怎麼減肥的？
How	did	his parents	teach him?	他父母如何教導她的？
How	will	you	fix the problem?	你打算怎麼解決問題？

1. 用 how 跟用 what 問，有時不一樣，有時是一樣的唷！

❶ **How** are you doing? ≠ **What** are you doing?

　How are you doing? 是詢問對方「你好嗎」的意思；What are you doing? 則
是詢問「你在做什麼」，這兩句並不一樣喔。

❷ **How** old are you? = **What** is your age?

問人家幾歲的時候，可以用 how old 問，也可以用 what 問。age 就是「年齡，年紀」的意思。

❸ **How**'s the weather? = **What**'s the weather like?

問天氣如何的時候，也可以有這兩種說法。記得用 what 問時，weather 的後面要加上 like（像，如同）。

偷偷告訴你

what 的後面通常接名詞，how 則常和形容詞連用。what 是問具體的東西，所以和名詞放在一起；how 則是問「程度」這種抽象的概念，當然和形容詞會是好朋友。例如在感嘆一個女孩多麼漂亮時，常會說：

How beautiful she is! 她多漂亮啊！
What a beautiful girl she is! 她真是個漂亮的女孩！

發現了嗎？是 How "beautiful" 和 What "a beautiful girl"，一個接形容詞「漂亮的」，一個接名詞「一個漂亮的女孩」。弄懂這個訣竅後，以後就不容易犯錯了！

When can I have dinner?
我什麼時候可以吃晚餐呢？

mp3 ★ 46
線上音檔

一句話速記

何時，何時，**when**，**when**；你何時走，**When will you go?**

When does the school bus come?

咻！

還早啦！

文法大重點 疑問詞 **when** 指「何時」，主要用來詢問「時間」，就相當於 what time。

實例馬上看

A：**When** does the show start? 表演幾點開始？
B：It starts at four in the afternoon. 下午四點開始。

A：**When** did you get here? 你何時到這兒的？
B：I got here a few minutes ago. 我幾分鐘前來到了這裡。

When will the airplane arrive? 飛機什麼時候抵達？
When can we have dinner? 我們幾點可以吃晚餐？

文法輕鬆說

疑問詞 when

　　when 通常是與時間放在一起的疑問詞，在詢問有關時間的資訊，它就相當於 what time。讓我們用下面這個航班資訊表來做一些基本的練習：

* Notice: Please arrive the boarding gate 30 minutes before departure time.
注意：請在起飛前 30 分鐘抵達登機門。

Airlines（航空公司）	Departs at（起飛時間）	Destination（目的地）	Gate（登機門）	Remarks（備註）
ABC Airlines	16：35	Ho Chi Minh	A6	On time
HNM Airlines	16：55	Osaka	D4	Delay 30 mins
BMK Airlines	17：45	Tokyo	G9	On time

When will the ABC leave the airport? -- At 16：35.
ABC 航空幾點離開機場？ -- 下午四點 35 分。
When should we go to gate G9? -- We should go there at 17：15.
我們該幾點去 G9 登機門？ -- 我們該下午五點 15 分到那裡。
When can we depart if we take HNM? -- We can depart at 16：55.
如果我們搭 HNM，我們可以幾點起飛？-- 我們可以在下午四點 55 分起飛。

When 疑問句

　　看完上面的簡單練習後，想必你應該知道 when 是拿來詢問與時間相關的資訊了吧！於是，我們又要來利用表格，進行造句練習囉。以下就是疑問詞 when 的兩種句型：

句型一：When＋be 動詞＋S（主詞）＋...（後面可視情況給予補充）？

When	be 動詞	S	...？	中文
When	is	his birthday	?	他的生日是什麼時候？
When	is	our party	?	我們的派對在何時？
When	was	our first trip	to Canada?	我們第一次去加拿大是什麼時候？
When	are	we	going?	我們什麼時候啟程？

句型二：When＋助動詞＋S（主詞）＋V ...？

When	助動詞	S	V ...？	中文
When	does	your class	dismiss?	你幾點放學？
When	did	his brother	watch the movie?	他弟弟何時看了那部電影？
When	can	you	leave?	你何時可以離開？
When	will	you	be back?	你何時會回來？

　　從上面的例句，我們知道 when 不僅可以問幾點幾分，還可以問年、月、日等日期，它比 what time 還要好用唷。當我們問 What time is the show? 時，只能回答幾點幾分（例如 Seven-thirty.）但當我們問 When is the show? 時，回答就很多了喔（例如 Tomorrow. / Next Friday night. / Seven-thirty. ...）。

文法小診所

1. when 的回答，哪一天、哪個月、哪一年、在幾點、…介系詞不一樣

　　好啦，造 when 疑問句沒有很難對吧？但回答可就不簡單了喔！想想回答可以有日、月、年、幾點幾分等的時間描述，每一個都要搭配自己的介系詞。快來試試看下面的練習，看你知道多少喔！

(　　) the morning
(　　) Sunday afternoon
(　　) night
(　　) Monday, July 17th
(　　) 17：00, Wednesday, December 12th
(　　) 2012

　　你知道括弧裡應該填上哪個介系詞嗎？別緊張，試試看這個口訣：「**at** 在幾點，**on** 是某一天，**in** 就跟著年！」

　　所以上面的答案會是：

at 17：00, Wednesday, December 12th（看第一個是哪種時間！）
on Monday, July 17th
in 2012

　　那其他的 morning, afternoon 和 night 該怎麼辦呢？這就是特別要記住的啦！請記得 **in** the morning / afternoon / evening 以及 **at** night / noon！

　　那你說，有兩種組合的，例如上面的 Sunday afternoon 該怎麼辦？前面說過了，要看第一個是哪種時間，這裡的第一個時間是 Sunday，所以就是 on Sunday afternoon 囉！

Why not go swimming?
何不去游泳呢？

線上音檔

一句話速記

為何，為何，why，why；為何說謊，**Why do you lie?**

文法大重點 疑問詞 **why** 指「為何」，主要用來詢問「理由（reason）」。

A：**Why** are you late for school? 你為什麼上學遲到？

B：Because I got up late this morning. 因為我今天早上晚起。

Why does he cheat me? 他為什麼騙我？

A：**Why** did Helen and her brother run to the bus stop?
海倫和她弟弟為何用跑的去公車站牌？

B：Because the bus is leaving. 因為公車要開走了。

文法輕鬆說

疑問詞 why

　　Why? 這樣就可以當一句話？！對啊！你不知道所有疑問詞都可以自己當一句話嗎？舉凡 When?, What?, How? 都是耶！

　　why 這個疑問詞，通常是在詢問理由，也就是中文的「為什麼」，想知道詳情嗎？快跟著我問：Why? 就聽我慢慢道來吧！

　　通常人們會問 why，就是希望你可以多說一點細節，也就是詳細解釋原因，但也不要詳細得像記流水帳一樣喔，那樣又太煩人了！我們來看看下面的例子吧：

Student: Sorry, I am late. 學生：抱歉，我遲到了。
Teacher: **Why**? 老師：為什麼？
Student: Because my mom didn't wake me up.
學生：因為我媽媽沒叫我起床。

　　你瞧，當人家問 why 的時候，必須把正確的原因仔細說出來，可是千萬不要劈哩啪啦說了一堆，結果重點都沒講到。英檢考試的時候，很喜歡問 why，所以遇到這樣的問題，一定要記得抓住重點來回答唷！

why 疑問句

　　好啦，我們要繼續介紹怎麼造句了，相同地，也是有兩個句型，我想到這一課來，你應該都可以倒背如流了吧：

句型一：Why＋be 動詞＋S（主詞）＋...（後面可視情況給予補充）？

Why	be 動詞	S	... ?	中文
Why	is	he	crying?	他為什麼在哭？
Why	are	we	coming here?	我們為什麼來這裡？
Why	was	she	late this morning?	她今天早上為什麼遲到？
Why	were	they	dancing under the tree?	他們為何在樹下跳舞？

句型二：Why＋助動詞＋S（主詞）＋V ... ?

Why	助動詞	S	V ... ?	中文
Why	do	you	walk so fast?	你為什麼走這麼快？
Why	do	we	have to take this test?	我們為什麼必須要考這個試？
Why	does	your sister	go home so early today?	你姊姊今天為何這麼早回家？
Why	did	they	run in the rain?	他們為什麼要在雨中奔跑？

熟悉了上面的句型以後，你也可以試著自己練習造更多句子喔！

1. why 開頭的否定句

why 開頭的否定句，可以用來表達提議，或是質疑、責備等更強烈的語氣，例如：

Why don't we go shopping? 我們何不去購物呢？ -- 表示提議。

Why didn't you go to school today?

你今天怎麼沒有去上學？ -- 表示質疑。

Why can't you just stop talking?

你為什麼就不能停止講話？ -- 表示責備。

2. 與 why 有關的習慣用語

❶ Tell me **why**. 告訴我為什麼。

　　當有人說 I am so sad.（我好傷心。），你就可以說 Come sit down and tell me why.（過來這裡坐下，跟我說為什麼吧。）傾聽別人的心聲。

❷ **Why** not? 為何不要？

　　其實就是「這樣有何不好」、「就這樣吧」的意思。

偷偷告訴你

　　「Why not＋原形動詞」也可以表示「提議」，例如 Why not go swimming? 就是「何不去游泳」的提議。看看下面的對話：

Mary：It's so hot today. I don't know what to do!
　　　今天好熱。我真不知道要做啥！
Teddy：Hey, why not go swimming?
　　　嘿，幹嘛不去游泳？
Mary：Good idea!
　　　好主意！

Chapter

4

形容詞與副詞

妳是「漂亮的」女孩，你是「善良的」男孩，像「漂亮的」、「善良的」這樣「…的」的詞，我們稱呼它為「形容詞」。所謂形容詞，就是拿來修飾名詞的詞，在中文表現裡，常會用「…的」出現。

形容詞常會放在名詞的前面，用來形容後面的名詞，例如 She is a pretty girl.（她是一個美麗的女孩。）它也會放在 be 動詞的後面，用來修飾主詞，例如 She is pretty.（她很美麗。）

學習形容詞時，「比較」困難的地方，就是形容詞的「比較級」和「最高級」了！「安弟長得比我高。」「傑瑞是班上長得最高的人。」前面一句是比較級，後面一句是最高級。比較的時候，形容詞會產生變化喔！不過放心，形容詞比較級和最高級的變化都有規則可循，Lesson 48 和 Lesson 51 就要告訴你比較級和最高級的形容詞變化規則！

　　爸媽「辛苦地」工作，老師「細心地」教導，像「辛苦地」、「細心地」這樣「⋯地」的詞，我們稱呼它為「副詞」。所謂副詞，就是用來修飾動詞、形容詞等的詞，在中文裡，我們則是用「⋯地」來表現。

　　副詞經常拿來修飾動詞，例如 He runs fast.（他跑得很快。）有時會拿來修飾形容詞，例如 This is really fantastic!（這真是棒極了！）它甚至可以用來修飾另一個副詞，例如 Thank you very much.（非常感謝你。）

　　副詞多是由形容詞變身而來，有時候，副詞長得和形容詞一模一樣呢。Lesson 53 要告訴你形容詞如何變身為副詞，而 Lesson 54 到 Lesson 57 將介紹時間、程度、頻率、地方等副詞的用法。最後，還要告訴你容易搞混的 too, either 以及 too, also 的區別。

　　準備好了嗎？一起出發邁向形容詞和副詞的世界吧！

比形容詞還要好的 -er

一句話速記

比較加 -er，有 -e 就加 -r。

文法大重點 形容詞比較級的變化一般是在形容詞尾巴加上 **-er**，如果動詞字尾本來就有 -e，只要再加 **-r** 就可以了喔！

實例馬上看

加 -er		字尾有 -e，直接加 -r	
cold 冷的	colder 較冷的	nice 善良的	nicer 較善良的
weak 柔弱的	weaker 較柔弱的	wise 聰明的	wiser 較聰明的
strong 強壯的	stronger 較強壯的	large 大的	larger 較大的

看相關文法

Lesson 49 & 50　比較級句型

Lesson 51　形容詞最高級的表示

文法輕鬆說

世界上的生物們總是喜歡比較，猴子們會打架爭地盤，比強弱；至於人類就更不用說了！例如大胃王比賽，例如身高、成績等。在中文裡，描述「比較」的概念只要用「…比…」就可以表達了，像是「我的臉比你大」、「你的眼睛比我小」。在英文裡，則是要透過 **-er** 來表現比較的概念。

比較的概念

比較通常是由兩個人（或兩個群體）來相比，也只有兩個人（或兩個群體）才可以顯現出「比較」的概念。假如有 A、B、C、D、E 五個人，當想表達「A 比其他人高」時，可以將 A 放在一國，其他人放在另外一國，分成兩個單位用「比較級」表示。若想表達「A 是最高的」，則會用到「最高級」，這在 Lesson 51 會再為各位介紹。

形容詞變身比較級

形容詞是如何變身成為比較級的呢？最常見的就是將形容詞字尾加上 **-er**。當字尾已經有 -e 時，則直接加 **-r**。如果字尾是 -y，則去 -y 加 **-ier**。當然，還有一些例外，我們就來看看吧：

1. 形容詞字尾加 **-er**，例如：

tall 高的	→	**taller** 更高的
narrow 窄的	→	**narrower** 更窄的

2. 字尾有 **-e**，就直接加 **-r**，例如：

large 大的	→	**larger** 更大的
safe 安全的	→	**safer** 更安全的

3. 字尾是「子音＋-y」，則去 -y 加 -ier，例如：

heavy	重的	→	heavier	更重的
pretty	漂亮的	→	prettier	更漂亮
healthy	健康的	→	healthier	更健康的

4. 字尾是「子音＋母音＋子音」，先重覆字尾，再加上 -er，例如：

hot	熱的	→	hotter	更熱的
big	大的	→	bigger	更大的

再加一個 g 才算更大！

　　簡單來說，形容詞比較級就像動詞第三人稱單數、進行式或過去式動詞一樣，也是有規則可循的。將學習動詞變化的心得拿來套用在比較級上面，學習這一課就會變得非常得心應手唷！

文法小診所

1. 更多的形容詞比較級變化

❶ 多音節形容詞必須加上 more

什麼是多音節形容詞啊？就是指一個單字有三個以上的母音在肚子裡的形容詞。遇到這些形容詞而想表達比較的概念時，需要在形容詞前面加上 more。例如：

beautiful 美麗的	→	more beautiful	更美的
expensive 貴的	→	more expensive	更貴的

❷ 不聽話的形容詞比較級

不是所有形容詞都加上 -er 或 -r 成為比較級喔，有些不規則的形容詞比較級非常難纏，對付它們的方法就是時常使用，自然而然就記得囉！下面列出一些常用的形容詞比較級不規則變化，給大家認識一下：

good 好的	→	better	更好的
bad 壞的	→	worse	更壞的
little 少的	→	less	更少的
much / many 多的	→	more	更多的

I am happier than before.
我比以前更開心。

 一句話速記

mp3 ★ 49

線上音檔

比較比較有 -er，再加 than 就有對象。

玉山 **is higher** than 101

要加than才能跟別人比較喔！

文法大重點 比較級的句子裡首推 **than** 這個重要的字，一般的句型為「A＋be 動詞三劍客＋形容詞比較級＋than＋B」。

實例馬上看

Today is warmer **than** yesterday. 今天比昨天溫暖。

You are nicer **than** him! 你人比他好！

I am happier **than** before. 我比以前更開心。

看相關文法

Lesson 48　形容詞比較級的表示
Lesson 50　比較級句型

文法輕鬆說

認識 than

在比較級的句子裡，會搭配一個相當於中文的「比」這個英文字，那就是 **than**。我們先來看看這個句子：

I am **taller**. 我比較高。

taller 的原級形容詞是 tall，加上 -er 後成為 taller，表示「比較高」的意思。但如果要說「我比 Steven 還要高」，該怎麼說呢？很簡單喔，只要記得「比較比較有 -er，再加 than 就有對象」這個口訣，也就是在形容詞比較級後面加上 than（比），再搭上對象就可以了！所以，「我比 Steven 還要高」可以這麼說：

I am **taller than** Steven. 我比 Steven 還要高。

我們再來看下面這張圖：

Patty　　Jenny　　Ken　　Judy

從上圖裡，我們知道「Ken 的頭髮比 Patty 短」、「Jenny 的膚色比 Judy 深」，可是英文怎麼說呢？

比較級句型

在比較級句型裡，我們會將要比的主角放在句首，例如 Ken's hair, Jenny's skin（皮膚）。之後，將比較的內容以形容詞比較級呈現，例如 shorter, darker；最後，將被比較的對象加在 than 之後，例如 Patty's hair, Judy's skin。

217

當然，別忘了加上合適的 be 動詞三劍客。這樣就會是最常見的比較級句子了，句型是「A＋be 動詞三劍客＋形容詞比較級＋**than**＋B」。

Ken's hair　is shorter　than　Patty's (hair).　Ken 的頭髮比 Patty 的短。
比較的主角　　　　　　　比　被比較的對象

【＝Ken has shorter hair than Patty.　Ken 有比 Patty 短的頭髮。】

Jenny's skin　is darker　than　Judy's (skin).　Jenny 的膚色比 Judy 的深。
比較的主角　　　　　　　　比　被比較的對象

【＝Jenny has darker skin than Judy.　Jenny 有比 Judy 深的膚色。】

上面兩個例句裡，因為前後指的東西都一樣，為了說話方便，第二次提到的通常都會省略，所以 Patty's hair 與 Judy's skin 會省略成 Patty's 和 Judy's。

偷偷告訴你

有時候，兩樣東西差別很大，比較起來就會知道「一個比另一個…得多」。這個「…得多」該怎麼表示呢？可以用 "much" 來修飾比較級，例如：

Taipei is much warmer than Vancouver.
台北比溫哥華更溫暖得多。
Benz is much more expensive than Toyota!
賓士比豐田汽車更貴得多！

1. 「the＋比較級，the＋比較級」的句型

這個句型是指「愈怎樣，就會愈怎樣」，使用在勸告或鼓勵他人時，非常好用喔！

它的結構相當簡單，只要把比較級提到句首，之後再接主詞與動詞就可以了！例如：

The more you have, **the more** you want.
你有的愈多，想要的就愈多。
The harder you study, **the better** grades you get.
你愈認真讀書，成績就會愈好。

2. 「A＋比較級＋while＋B＋比較級」的句型

這個句型是指「A 比較如何而 B 比較如何」，while 在這裡拿來當作「反而」使用，例如：

Jordan is taller **while** Robin is shorter.
喬登比較高而羅賓比較矮。
Zac got better grades **while** Alan got worse points.
查克考得比較好而艾倫考得比較差。

這裡的每個句子都可以再拆成獨立的兩個小句子，像第二句就可以拆成 Zac got better grades. 和 Alan got worse points.，只是這樣的話，就不知道是和誰比較了。

Boys are as good as girls.
男孩和女孩一樣好。

 一句話速記

as ... as 都一樣，形容詞不要變化。

文法大重點 表達「A 和 B 一樣…」，在英文裡可以用「**as**＋形容詞原級＋**as**」來呈現！句型是「A＋be 動詞三劍客＋as＋形容詞原級＋as＋B」。

實例馬上看

Henry is **as** tall **as** his brother. 亨利和他的哥哥一樣高。

This box is **as** big **as** that one. 這個盒子與那個一樣大。

Boys are **as** good **as** girls. 男孩和女孩一樣好。

Zebras are **as** beautiful **as** horses. 斑馬和馬一樣美麗。

看相關文法

Lesson 48 形容詞比較級的表示
Lesson 49 比較級句型

as…as 句型

　　這一課要講的是相同的、一樣的東西作比較，練習使用「A＋be 動詞三劍客＋as＋形容詞原級＋as＋B」的句型來造「A 和 B 一樣…」的句子。我們先來看下面這個圖：

　　如果想要說「Vivian 的頭髮和 Linda 的一樣長」、「Joe 的膚色和 Jenny 的一樣黑」，該怎麼辦呢？

　　我們一樣先把要比的主角放在句首，例如 Vivian's hair, Joe's skin。之後，將比較的內容以「形容詞原級」呈現，並且在前後各加上一個 **as**，例如 as long as, as dark as。最後，加上被比較的對象，例如 Linda's hair, Jenny's skin。當然，別忘了加上合適的 be 動詞三劍客。所以，句子會像這樣：

<u>Vivian's hair</u>　is　<u>as long as</u>　<u>Linda's (skin)</u>. Vivian 的頭髮和 Linda 的一樣長。
比較的主角　　　　 一樣長　　被比較的對象

<u>Joe's skin</u>　is　<u>as dark as</u>　<u>Jenny's (skin)</u>. Joe 的膚色和 Jenny 的一樣深。
比較的主角　　　 一樣深　　被比較的對象

　　在「A＋be 動詞三劍客＋形容詞比較級＋than＋B」的句型裡，than 以後被比較的對象可以省略。但是在「A＋be 動詞三劍客＋as＋形容詞原級＋as＋B」的句型裡，被比較的對象一定不可以省略唷。

His brother is **as** short **as** my·brother（＝mine）.
他的弟弟和我的一樣矮。

My room is **as** large **as** your room（＝yours）.
我的房間和你的一樣大。

當前後指的東西一樣時，為了說話方便，第二次提到的通常都會省略。Linda's skin 可以省略成 Linda's，那麼 my brother, your room 又可以省略成什麼呢？還記得「所有格代名詞」嗎？（忘記了…快翻到 Lesson 31！）「所有格＋名詞」可以簡略用所有格代名詞替代，因此 my brother, your room 自然可以省略成 mine（我的）, yours（你的）囉。

文法小診所

1.「A＋一般動詞＋as＋形容詞原級＋as＋B＋<u>do / does / did</u>」

前面我們學到的都是使用「be 動詞三劍客」的句型，但如果想說「我吃和你一樣多的食物」、「我賺和你一樣多的錢」時，就會用到「吃」、

「賺」這些一般動詞，而不是 be 動詞，那該怎麼辦？使用一般動詞如何造「as＋形容詞原級＋as」的比較級句子呢？

　　別緊張，一步一步來。我們一樣把要比的主角放在句首，先加上一般動詞，再將比較的內容以「as＋形容詞原級＋as」呈現，最後加上被比較的對象。注意囉，現在比較的是「動作」，而不是「人或事物」，所以我們不能再用「所有格代名詞」了。那能用什麼呢？可以用助動詞 do, does, did 來代表所做的動作喔。所以，句子會像這樣：

I **eat** as much food as you **do**.　我吃和你一樣多的食物。
I **make** as much money as he **does**.　我賺和他一樣多的錢。

　　句尾的 do / does 就是用來代替前面的動作，也就是 eat food, make money。

形容詞中最好的 -est

線上音檔

最高級加 -est，the 千萬不能忘記。

 形容詞最高級的變化一般是在形容詞尾巴加上 **-est**，並且在它的前面加上 **the** 就大功告成了！

加 -est		字尾有 -e，直接加 -st	
cold 冷的	the coldest 最冷的	nice 善良的	the nicest 最善良的
weak 柔弱的	the weakest 最柔弱的	wise 聰明的	the wisest 最聰明的
strong 強壯的	the strongest 最強壯的	large 大的	the largest 最大的

Lesson 48 形容詞比較級的表示

文法輕鬆說

　　如同之前比較級談過的，在中文裡描述「比較」的概念用「…比…」來表達；在英文裡面，則是要透過 -er 來表示。比較級通常是由兩個人（或兩個群體）來相比，假設在一群人裡，有 A、B、C、D、E 五個人，當想表達「A 比其他人都高」，在比較級裡面，A 是一國，其他人是另外一國，分成兩個單位來比較。若要表達「A 是最高的」，就會用到「最高級」，也就是本課的大重點，運用最高級來顯現出他的獨特性！

形容詞變身最高級

　　表達最高級最容易上手的方法，就是把形容詞字尾加上 **-est**。如果字尾已經有 -e，就直接加上 **-st**。如果字尾是 -y，則要去 -y 加 **-iest**。大致說來，形容詞加上 -er 便是比較級，加上 -est 便是最高級。不過，最高級還有一位固定班底，那就是要在形容詞前面加上 **the**。為什麼要加 the 呢？因為一群東西裡面，最高、最矮、最胖、最瘦、最…的只會有一個（或一整群），所以要用 the 來指定唷！我們就來看看形容詞變身最高級的方法吧：

1. 形容詞字尾加 **-est**，例如：

long	長的	→	the longest	最長的
high	高的	→	the highest	最高的

2. 字尾有 **-e**，就直接加 **-st**，例如：

cute	可愛的	→	the cutest	最可愛的
gentle	溫柔的	→	the gentlest	最溫柔的

3. 字尾是「子音＋-y」，則去 -y 加 **-ist**，例如：

early	早的	→	the earliest	最早的
noisy	嘈雜的	→	the noisiest	最吵的

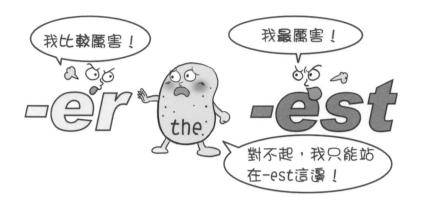

4. 字尾是「子音＋母音＋子音」，先重覆字尾，再加上 **-est**，例如：

fat 胖的	→	the fattest 最胖的
thin 瘦的	→	the thinnest 最瘦的

　　你看，這些變化方式幾乎和比較級的變化方式一模一樣。基本上，只要掌握形容詞比較級的變化方法，學習最高級也會變得非常簡單喔！不過，務必記得在使用最高級時，要在形容詞前面加上 the，才能表示僅有一個唷！

文法小診所

1. 更多的形容詞最高級變化

❶ 多音節形容詞必須加上 most

　　如同比較級，在遇到多音節形容詞時，最高級也有特殊的表現方法，也就是必須在形容詞前加上 the most，例如：

important 重要的	→	**the most important**	最重要的
exciting 刺激的	→	**the most exciting**	最刺激的

❷ 不聽話的形容詞最高級

　　不是所有形容詞都加上 -est 或 -st 成為最高級喔，有些不規則的形容詞最高級十分叛逆，他們來自比較級就已不規則的形容詞。這裡抓出一些來給大家認識：

good 好的	→	**the best**	最好的
bad 壞的	→	**the worst**	最壞的
little 少的	→	**the least**	最少的
much / many 多的	→	**the most**	最多的

I'm the best!
我最棒！

mp3★52

一句話速記

the + - est 最高級，誰都無法跟它比！

I'm the greatest of all animals!

國王萬歲 萬萬歲！

文法大重點 最高級的句型一般有以下三種：

A＋be 動詞三劍客＋the＋形容詞最高級（＋名詞）＋ { ×／of ...／in ... }

實例馬上看

I am **the best** student. 我是最棒的學生。

SpongeBob is **the best** cartoon of all.

海綿寶寶是全部卡通裡最棒的。

Hermione Granger is **the smartest** student in Hogwarts.

妙麗‧格蘭傑是霍格華茲裡最聰明的學生。

看相關文法

Lesson 51　形容詞最高級的表示

文法輕鬆說

最高級句型

在理解形容詞比較級後，這課所要學習的是最高級的句型應用。最高級就是在一個群體裡面，挑出最突出的事情來形容。因為最突出的往往只有一個，就如同第一名通常只有一個，最後一名也只會有一個，為了更強調這種唯一的情況，因此在最高級前面都要加上 the 唷。

至於最高級的句型，主要有三種，我們一一來看是哪些囉：

1.「A＋be 動詞三劍客＋the＋形容詞最高級（＋名詞）」

這是最一般的最高級句型，有時只說出某樣人事物「最⋯」，有時則會說出是「最⋯的什麼」。不管哪一種，都十分簡短有力。例如：

It's **the best**! 這是最好的！

It is **the best** choice! 這是最好的選擇！

2.「A＋be 動詞三劍客＋the＋形容詞最高級（＋名詞）＋of / in ...」

這種句型和前面的不一樣哦！第一種句型沒有說出從哪個範圍內選出最怎麼樣的，但這裡使用了 of 和 in，就把比較的範圍說出來囉！因為 of 有「⋯的」的意思，而 in 有「在⋯之中」的意思，在它們後面加上數量或地點，就能明確指出是在哪個範圍內作比較了。看看下面那張圖，我們一起來造句吧：

Daughter is **the youngest** of all. 女兒是全部人裡最年輕的。

Mother is **the oldest** in the family. 母親是這個家庭裡最年長的。

Father is **the tallest** of the three. 父親是三個人裡面最高的。

3. 「A＋be 動詞三劍客＋the＋形容詞最高級（＋名詞）＋that 子句」

　　這是隱藏版的句型，專門留給想要更進一步認識最高級句型的你哦！我們先來看看例句：

Harry Potter is **the most interesting** book that I have ever read!

哈利波特是我所有讀過的書裡最有趣的一本！

This is **the best** trip that I have ever had!

這是我有過最棒的旅行了！

　　畫底線的部分叫做「that 子句」，是以句子形式修飾前面名詞的文法型態，使用的是現在完成式，代表過去的經驗。像第一個例句，如果去掉畫線部分，就是在說「哈利波特是最有趣的一本書」，這即是第一種句型。但我想要說它是我讀過的書裡面最有趣的一本，所以我想加上「我曾讀過的」去形容「書」，於是才有 that I have ever read 的句子出現。第二個例句也是一樣唷，加上「我曾有過的」去形容「旅行」，才會有 that I have ever had 的出現。可見，若要表達某件事情是在過往經驗裡面最特別的，就可以用這樣的句子來表示。

在這課裡面，上面三種句型都是非常重要的！熟記這些句型，你也可以簡單描述在你生命中最重要的經驗喔！

認識了基本的最高級句型，現在讓你看看幾個進階版的句子，它們也都多少保有了基本句型的架構，只是更加活潑了唷：

❶ 去太空旅行是我畢生最美好的回憶了。

To travel in the outer space is **the most beautiful** memory <u>in my life</u>.

❷ 全家一起出遊是最幸福的事情了。

Traveling with the family is **the happiest** thing.

❸ 我所經歷過最難忘的家庭旅遊是去普吉島。

The family trip to Phuket is **the most unforgettable** <u>that I have ever experienced</u>.

副詞的小跟班 -ly

一句話速記

形容詞尾巴加 -ly，有 -y 換成 -ily。

文法大重點 只要在形容詞字尾加上 **-ly** 或「去 **-y** 加 **-ily**」，就可以變成副詞囉！

實例馬上看

加 -ly		去 -y 加 -ily	
deep 深的	deeply 深地	heavy 重的	heavily 重地
quiet 安靜的	quietly 安靜地	happy 開心的	happily 開心地
late 晚的	lately 晚地	easy 簡單的	easily 簡單地

文法輕鬆說

認識副詞

　　副詞通常拿來修飾動詞，有時拿來修飾形容詞、另一個副詞或是整個句子。在中文裡，副詞的結尾是「地」，例如「快快『地』跑」或「開開心心『地』玩」。這些「…地」幾乎都是從形容詞「…的」轉變而來，在英文裡，副詞表現就是用 **-ly** 這條尾巴接在形容詞後面囉！

形容詞變身副詞

　　副詞也是有規則變化的喔！先考考你，還記不記得形容詞的比較級和最高級變化？一般是在字尾加上 -er 和 -est 這兩條尾巴。副詞也一樣喔，而且更棒的是，他只有兩個主要的規則變化，就是只在形容詞字尾加上 -ly 或「去 -y 加上 **-ily**」，這樣就可以變成副詞了！我們一起來看看囉：

1. 形容詞字尾加 **-ly**，例如：

deep 深的	→	**deeply** 深地
beautiful 美麗的	→	**beautifully** 美麗地

2. 字尾去 **-y** 加 **-ily**，例如：

happy 開心的	→	**happily** 開心地
lucky 幸運的	→	**luckily** 幸運地

3. 不規則變化，例如：

　　嘿，各位，想必你們應該知道我要說什麼了，老話一句，凡有規則必有例外。某些副詞並不屬於規則變化，這些詞的形容詞和副詞根本就長得一模一樣，例如：

fast 快的	→	**fast** 快地
early 早的	→	**early** 早地

副詞的位置

副詞一般放在句子裡的哪個位置呢？只要記住下面這個口訣，就可以迅速抓出哪些是句子裡的副詞囉，這個無敵口訣就是：「通常在句尾，偶爾在中間。狀態地方和時間，照著排列就 OK」！

1. 通常在句尾，例如：

He looked at me **sadly**. 他傷心地看著我。

sadly 修飾 looked

We went to the park **happily**. 我們快樂地去公園。

happily 修飾 went

2. 偶爾在中間，例如：

如果句子太長，我們也可以把副詞放到一般動詞前面，be 動詞或助動詞的後面，來平衡句子的意思，例如：

We can **clearly** hear the voice from that house.

clearly 用來修飾 hear

我們可以清楚地聽到從那間房子傳來的聲音。

3. 不同種類副詞的排列順序：狀態、地方、時間，例如：

We swam happily in the lake last week. 我們上星期在湖裡快樂地游泳。

狀態副詞 地方副詞 時間副詞

我喜歡妳！

I can't hear you clearly!

文法小診所

1. 形容詞變副詞的隱藏版規則

有四個比較不常用的副詞變化規則，藏在下面的表格裡，大家只要稍微認識它們就好了：

字尾	變化規則	例字
-le	去 -e + -y	possible → possibly　可能地
-ue	去 -e + -ly	true → truly　真實地
-ll	+ -y	full → fully　滿滿地
-ic	+ -ally	automatic → automatically　自動地

2. very 不可以直接修飾動詞

very 有「很，非常」的意思。它是個很特別的副詞，一般的副詞可以用來修飾動詞，但 very 只能用來修飾形容詞或副詞，不可以用來修飾動詞唷！例如：

Thank you **very** much!　非常謝謝你！…（○）

-- very 可以修飾副詞 much。

I very thank you.　我非常感謝你。…（×）

-- very 不能用來修飾動詞 thank。

54 (時間副詞的使用)

yesterday, today, tomorrow
哪一天呢？

線上音檔

昨天、今天和明天，英文動詞會改變。

文法大重點 時間副詞是用來表示「時間」概念的副詞，包括 yesterday
（昨天）、**today**（今天）、**tomorrow**（明天）等。

She went to the zoo **yesterday**.
她昨天去了動物園。
I was late for school **today**.
我今天上學遲到。
He will fly to England **tomorrow**.
他明天將飛往英國。

236

認識時間副詞

時間副詞在句子裡通常拿來表示時間，並且經常放在句尾！但如果句子太長，時間副詞距離要修飾的動詞太遙遠，它可是會鬧彆扭的！這時就要把時間副詞移到句中，讓它能夠和動詞相親相愛。

我們最常聽到的三個時間副詞非 **yesterday**（昨天），**today**（今天），**tomorrow**（明天）莫屬了。我們可以從 yesterday, today, tomorrow 開始，延伸到更長的時間，例如從昨天聯想到「上個禮拜、上個月、去年」，從明天聯想到「下個禮拜、下個月、明年」等等。

yesterday → the day before yesterday → last week → last month → last year				
昨天	前天	上星期	上個月	去年

today → this week → this month → this year			
今天	這星期	這個月	今年

tomorrow → the day after tomorrow → next week → next month → next year				
明天	後天	下星期	下個月	明年

yesterday 因為指的是過去的時間，因此句子裡若有寫到 yesterday，或是比 yesterday 更久以前的時間副詞時，動詞就必須用過去式喔。例如：

We **went** to the airport **yesterday**. 我們昨天去了機場。

相反地，tomorrow 指的是未來的時間，因此句子裡若有寫到 tomorrow，或是比 tomorrow 更久以後的時間副詞時，動詞就必須用未來式。例如：

We **will go** to the airport **tomorrow**. 我們明天將會去機場。

如果有兩個以上的時間副詞，比方說「今天下午四點」，應該先寫「今天下午」還是「四點」呢？記住囉，「從小來，長大了」，有多個時間副詞的話，把小時間放在前面，大時間放在後面就對了！例如：

I have piano class <u>at four</u> <u>this afternoon</u>. 我今天下午四點有鋼琴課。

-- 四點是小時間，今天下午是大時間。

I went to bed <u>at ten</u> <u>last night</u>. 我昨晚十點上床睡覺。

-- 十點是小時間，昨天晚上是大時間。

偷偷告訴你

另外，ago 也很常用喔，在表達例如「一小時『前』」、「五分鐘『前』」、「一年『前』」等那種「前」的概念時，都是用 ago 這個副詞唷。例如：

3 hours ago（○）　　3 hours before（✗）三小時前

one year ago（○）　　one year before（✗）一年前

We went to Canada <u>one year ago</u>. 我們一年前去了加拿大。

文法小診所

1. 當 yesterday, today, tomorrow 碰上 morning, afternoon, evening, night

如果我們想說「昨天早上」，是否就是 yesterday morning 呢？如果想說「今天晚上」，是否就是 today evening 啊？

❶ 昨天早上 / 下午 / 晚上 / 深夜

注意囉，只要是「昨天早上 / 下午 / 晚上」，我們用 yesterday，但是

對深夜 night 則特別用 **last** 這個字。因此,昨天早上 / 下午 / 晚上應該說成 yesterday morning / afternoon / evening,但是我們說 last night。

❷ 今天早上 / 下午 / 晚上 / 深夜

若是「今天早上 / 下午 / 晚上」,則不用 today 這個字,而是用 **this** 喔。因此,今天早上 / 下午 / 晚上應該說成 this morning / afternoon / evening。如果用 night 說「今天深夜」呢?又不一樣啦!是用 **tonight** 啦。

❸ 明天早上 / 下午 / 晚上 / 深夜

如果是「明天早上 / 下午 / 晚上 / 深夜」,就是用 tomorrow morning / afternoon / evening / night。night 這次反而跟前面不一樣,乖乖的接在 tomorrow 後面囉。

almost, enough
夠不夠呢？

線上音檔

一句話速記

夠了就用 enough，還差一點 almost。

文法大重點 程度副詞是用來表示多少、大小、高低等各種「程度」概念
的副詞，包括 very（很）、almost（幾乎）、enough
（足夠地）等。

實例馬上看

I can walk **very** fast!
我可以走得非常快！
She is **almost** five years old!
她就快要五歲了！
Have you eaten **enough**?
你吃夠了沒？

文法輕鬆說

認識程度副詞

　　程度副詞的位置和一般副詞規則都一樣，也就是在一般動詞之前，be 動詞或助動詞之後。這一課要介紹給你 **almost**（幾乎），**enough**（足夠地）兩個程度副詞，但談到它們兩個之前，我們先來看看你可能比較熟悉的 **very**（很，非常）。

1. very 的用法

　　very 是一個非常特別的程度副詞，它不能修飾動詞，只能拿來修飾形容詞或副詞。例如：

He is **very** gifted. 他天賦異稟。---（○）

-- 這個 very 用來修飾形容詞 gifted（有天份的）。

He played the piano **very** well. 他鋼琴彈得非常好。---（○）

-- 這個 very 用來修飾副詞 well（好地）。

I very like Cindy. 我非常喜歡辛蒂。---（×）

-- very 不能修飾動詞 like，此句應改為 I like Cindy **very** much.。

2. almost 的用法

　　almost 意思是指「幾乎」、「差點」，與 **nearly** 是同義字。它在句子裡的位置就跟一般副詞一樣，在一般動詞之前，be 動詞和助動詞之後。此外，也可以放在句首。例如：

I **almost** passed the exam! 我差點通過考試！

-- almost 置於一般動詞之前。

The house is **almost** empty. 那間房子快要空了。

-- almost 置於 be 動詞之後。

Almost every classmate will join the graduation trip.

幾乎每位同學都會參加畢業旅行。

-- almost 置於句首。

3. enough 的用法

enough 是「足夠」的意思，既可以當形容詞使用，也可以當副詞使用。例如：

I didn't sleep **enough** last night. 我昨晚睡得不夠。

-- 這個 enough 修飾動詞 sleep。（注意！此時 enough 置於一般動詞後，而非之前。）

The rabbit ran fast **enough** to win the game.

兔子跑得夠快以至於贏得比賽

-- 這個 enough 修飾形容詞 fast。

I don't have **enough** food. 我沒有足夠的食物。

-- 這個 enough 修飾名詞 food。

1. very 跟 really

very 有個很要好的朋友叫做 **really**，它也是指「非常」的意思，例如：

I am **really** tired.＝I am very tired.　我真的累了。

-- really 修飾形容詞 tired。

He can dance **really** well.＝He can dance very well.　他舞可以跳得很好。

-- really 修飾副詞 well。

但跟 very 不同，really 可以修飾動詞，例如：

I **really** like you.　我真的很喜歡妳。

-- really 修飾動詞 like。

2. almost 跟 nearly

almost 也有一位要好的朋友叫做 **nearly**，也是「幾乎」的意思，不過 nearly 的程度比 almost 高得多，例如說 We are almost there. 和 We are **nearly** there.，後者可能差五公尺就到了，前者可能差到十公尺喔！

always, usually, sometimes
有多常呢？

一句話速記

線上音檔

總是，通常和有時；always, usually 和 sometimes。

你看，他always賴床！

對啊，我sometimes根本不想叫他！

文法大重點 頻率副詞是用來表示事情發生次數多寡等「頻率」概念的副詞，包括 always（總是）、usually（通常）、sometimes（有時）等。

實例馬上看

I will **always** be there to help you.
我會總是在你身旁幫你。

She is **usually** late for school.
她上學常遲到。

He **sometimes** takes a walk in the park.
他有時在公園裡散步。

文法輕鬆說

認識頻率副詞

　　頻率副詞是表達「多常」、「多頻繁」等頻率概念的副詞，主要有六個，若以百分比來呈現頻率高低，則是：

always > **usually** > often > **sometimes** > seldom > never
100%　　60%~80%　40%~60%　20%~40%　　1%~20%　　0%

　　這裡，我們要挑出 **always**（總是），**usually**（經常）和 **sometimes**（有時）來作介紹。

1. **always** 的用法

　　always 是「總是」、「永遠」的意思，它用在發生頻率與可能性100% 的情況，而且沒有例外，語氣非常強烈，例如：

I will **always** be with you.　我會永遠跟你在一起。
Silence is not **always** golden.　沉默不會永遠是金。

2. **usually** 的用法

　　usually 表示「通常」，如果一週有七天，發生頻率大約是五到六天左右。當然，在表達的時候，不用算的那麼精準，一切都是憑感覺表現，如果你一個禮拜裡有五天會賴床，那麼你就是「通常會賴床」囉。我們來看看例句：

He **usually** plays tennis on the weekend.　他通常在週末打網球。
You are **usually** busy at work.　你時常忙於工作。

3. sometimes 的用法

　　sometimes 表示「有時」，如果一週有七天，發生頻率大約是兩到三天左右，例如：

She **sometimes** goes abroad for holidays. 她有時出國度假。

He **sometimes** smokes. 他有時抽菸。

文法小診所

1. 其他三位頻率副詞的成員：often, seldom 和 never

often（時常）和 usually 很相近，例如：

We **often** go to Ximenting after school. 放學後我們時常去西門町。

seldom（幾乎不）可說是 often 的反義詞，帶有否定意味，例如：

I **seldom** smoke. 我幾乎不抽菸。

never（從不，絕不）則是 always 的相反，也有非常強烈的語氣，比起 don't, won't 等否定還要更強烈，更絕對，例如：

I will **never** go out with you anymore!　我絕不再跟你一起出門了！

相較之下，I won't go out with you anymore. 在語氣上就顯得和緩多了。

Lesson **57** （地方副詞的使用）

here 和 there
在哪裡哦？

線上音檔

here, here 在這裡，there 那裡加個 t。

文法大重點　地方副詞是用來表示「地點」概念的副詞，包括 here（這裡）和 there（那裡）等。

實例馬上看

Don't play baseball **here**!
別在這裡玩棒球！
Let's stop **here** for a rest.
我們停在這裡休息吧。
We have lived **there** for 10 years.
我們已經住在那裡十年了。
You should go **there** someday!
你有朝一日應該去那裡！

文法輕鬆說

認識地方副詞

　　here（這裡）、there（那裡）都是地方副詞，地方副詞是表示地點概念的副詞，它們的位置通常在句尾，偶爾當倒裝句使用時可以放在句首！一起來看看這兩個字的個別用法吧！

1. here 的用法

　　here 是「這裡」的意思，是非常好用的一個字，搭配各種情況，會有不同的解釋，但基本上都和「這裡」脫不了關係，例如：

Why don't we stop **here** for a rest?　我們何不停在這裡休息？

-- 這個 here 指的是 at this place（在這個地方）。

We'll stop the meeting **here**.　我們的會議暫時到這裡。

-- 這個 here 指的是 at this moment（在這個時間點）。

Here I must disagree.　這裡我不同意。

-- 這個 here 指的是 at this point（在這個爭議點上）。

第三個例句是強調地方副詞 here 的倒裝用法，將 here 放在句首，目的是要特別強調出「就是這裡」我不同意。另外一種常見的 here 倒裝用法是「公車來了」，英文是說 **Here** comes the bus.，強調公車來到「這裡」了，為了引起大家的注意，所以才習慣將 here 放到了句首。

2. there 的用法

　　there 是「那裡」的意思，用法和 here 一模一樣，例如：

Go over **there**!　去那裡！

-- 這個 there 指的是 at / in that place（在那個地方）。

Stop **there** before you make more mistakes!

在你犯下更多錯誤前停在那裡吧！

-- 這個 there 指的是 at that moment（在那個時刻）。

I can't agree with you **there**. 那個地方我沒辦法同意你。

-- 這個 there 指的是 in that matter（在那件事上）

　　相同地，there 也可以倒裝喔！像是 **There** goes the train.（火車走了。）**There** lays an egg.（那裡躺著一顆蛋。）這個倒裝句型和 There is / are 的句型（忘記了…快翻到 Lesson 17）不同唷！前面的 there 接的是一般動詞，用來指示地方；後面的 there 接的是 be 動詞，只是在說「有…」，並沒有指出在哪裡哦。

文法小診所

1. here, there 前面不要加介系詞

　　大家一定要特別注意，here 和 there 這兩個地方副詞的前面，都不需要使用任何介系詞！請看下面的例句：

We are playing volleyball at here. ---（X）

We are playing volleyball **here**. ---（O）我們正在這裡玩排球。

They are going to there. ---（X）

They are going **there**. ---（O）他們正要去那裡。

2. 其他地方副詞夥伴：home, abroad 和 indoors, outdoors

　　home（在家）以及 **abroad**（在國外）一個指在自己家裡，一個指在別的國家。雖然前面說地方副詞前不能夠加介系詞，這裡的 home 卻可以加上 at 喔，例如：

Mom is (at) **home** now. 媽媽現在在家。

My brother wants to study **abroad**. 我的哥哥想去國外唸書。

　　indoors（在室內）以及 **outdoors**（在室外）非常好認是吧？in 加上 doors，代表在很多的門窗裡面，這當然是說室內囉；out 加上 doors，代表在很多的門窗外面，當然也就是室外囉。和一般地方副詞一樣，它們前面都不要加介系詞，例如：

Come **indoors**! 進來屋裡面！

Let's take a walk **outdoors**. 我們到戶外走走吧！

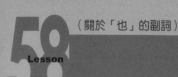

58 Lesson （關於「也」的副詞）

too 或 either
「也」不一樣喔！

線上音檔

「也」用 **too**，「也不」用 **either**。

快來買好吃的榴槤唷！

我不喜歡榴槤。

I don't like it, either.

我喜歡榴槤。

I like it, too.

文法大重點 英文的「也」，肯定用 **too** 表示，否定則用 **either** 表示。

You are my best friend; she is my best friend **too**.

你是我最好的朋友；她也是我最好的朋友。

I am fifteen years old, and you are **too**.

我十五歲，你也是。

She doesn't drive to work; her husband doesn't drive to work **either**.

她沒有開車上班；她的丈夫也沒有開車上班。

I don't like chocolate, and you don't **either**.

我不喜歡巧克力，你也是。

Lesson 59　also 要擺在哪裡呢？

認識 too 和 either

在表達「也」的概念時，無論是肯定的附和，或是否定的附和，中文都用「也」就能表示。英文則是以 **too** 來表示肯定的「也」，以 **either** 表示否定的「也」。即便它們是兩個不一樣的字，但使用方法都是一樣的喔！

too 和 either 都是放在句尾，也就是句子的最後面。至於前面是否需要加逗號，在以前的學校課本裡面認為要加，但最近的美國文法教材則沒有加逗號，所以加或不加其實都可以。

too 用來表現肯定的附和。例如某人說：「我喜歡看電影。」如果你也喜歡的話，就可以說：Oh, I like it **too**!，這就是「我也喜歡」的意思。

至於 either，則是否定的附和。例如某人說：「我不喜歡吃青椒。」如果你也不喜歡的話，就可以說：I don't like that either.，這就是「我也不喜歡」的意思。讓我們來看下面兩段對話，仔細學習「也」的用法吧！

1. Conversation（情境對話）-- too 的用法

George	:	Hey Dick, how are you?	嘿，狄克，你好嗎？
Dick	:	Great, and you?	很好，你呢？
George	:	Great too.	也很好。
Dick	:	Why do you look so happy?	你為何看來這麼高興？
George	:	Nothing, Kelly just promised to go out with me.	沒什麼，凱莉剛答應跟我出去玩。
Dick	:	Cool! I want to ask her out too but you did it first!	酷喔！我也想約她出去，但你搶先一步了！
George	:	Come on, you'll get a good one huh?! Have a good day!	別這樣嘛，你會找到不錯的一個啊！祝你有愉快的一天！
Dick	:	You too.	你也是。

在英文口語裡，可以用像 Great **too**. 和 You **too**. 這樣簡短的句子表達「也…」的概念。你發現了嗎？無論是簡短句或完整句，too 一定都是放在句子的最後面！但請記住喔，由於 too 本身含有附和的意思，所以一定要

前面有人提過某件事,而你也這樣認為或有相同的疑問時,才可以用 too 來附和唷。

2. Conversation(情境對話)-- either 的用法

Lisa	:	Hey, why do you look so sad?	嘿,妳為何看來這麼傷心?
Jerry	:	My mom asked me to eat green pepper. I hate that food.	我媽媽要我吃青椒。我討厭那個食物。
Lisa	:	Oh, I don't like it either!	喔,我也不喜歡!

在上面的對話裡,可以看出 either 都會跟著 not 一起出現,也就是說,在表達否定的附和時,一定要使用 either ! either 的位置也都是放在句子最後面喔!

偷偷告訴你

某些字本身即含有否定的意思,例如 never(從不)與 seldom(極少)。遇到這兩個字時,即使沒有看到 not,「也」的表現要記得使用 either 喔!例如:

I never go abroad either.(○)我也從沒出過國。

I never go abroad too.(╳)

I seldom drink coke either.(○)我也很少喝可樂。

I seldom drink coke too.(╳)

1. as well 與 same as

　　有時候 too 講久了，也會感到厭煩，尤其是在對話裡，如果無時無刻都要說 I like it too, I love them too, I want to go too，這樣 too 來 too 去的，會讓人聽了頭昏眼花吧！因此，除了用 too，我們還可以用 **as well, also, same as** 等來代替喔。關於 also 的用法，我們在下一課會提到，這裡就介紹 as well 和 same as 的用法，一樣來看這段對話囉：

Linda	: **I want to go to Norway to see the Northern Lights!**	我想去挪威看北極光！
Stan	: **Oh yes, me too!**	喔，是啊，我也想！
Vivian	: **I want to go there as well!**	我也想去那裡。
Greg	: **Same as you!**	我跟你們一樣！

　　Stan, Vivian 和 Greg 都想去挪威看極光，所以他們分別說了 Me too!, I want to go there as well! 以及 Same as you! 表示贊同。

also 要擺在哪裡呢？

一句話速記

線上音檔

「也」有 **also** 還有 **too**，**too** 一定要放最後。

你只能去句尾！

I also like her. too,,,

文法大重點

also 是「也」的意思，可以放在句子各處，有了 also 就不必用 too 囉！

實例馬上看

He can **also** speak German.

他也會説德文。

Tom is a pilot, and I am **also** a pilot.

湯姆是機長，而我也是機長。

He goes to school on foot, and I **also** walk to school.

他走路上學，而我也走路上學。

看相關文法

Lesson 58　too 或 either 「也」不一樣喔！

認識 also

also 這個字是「也」的意思，它只能用在肯定的附和，位置和一般副詞一樣，在 be 動詞後面，一般動詞前面。當然，為了強調也可以放句首！有了 also，就不必再用 too 囉！這兩個不會同時出現。此外，also 也比 too 來得正式一些。我們一起來看看 also 在句子裡的不同位置吧：

1. be 動詞和助動詞後面

I am **also** a good student: 我也是個好學生。

He is **also** cooking dinner. 他也正在煮晚飯。

She will **also** go to Japan tomorrow. 她明天也會去日本。

They should **also** clean up their rooms! 他們也應該要整理他們的房間！

2. 一般動詞前面

They **also** go to school at seven. 他們也七點去學校。

She **also** dreamed a dream last night. 她昨晚也做了一個夢。

3. 句首。記得要加上逗點喔！

Also, they are running in the park.

他們也正在公園裡跑步。

Also, we celebrate Christmas though we are not Christians.

我們也過聖誕節，即使我們不是基督徒。

　　"not only ... but also ..." 這個句型，也就是「不僅…而且還…」，你一定要記起來，因為它非常好用！請看例句：

My brother plays not only the piano but also the violin.
我弟弟不只彈鋼琴，還會小提琴。
She is not only beautiful but also kind-hearted.
她不僅美麗，還很善良。

not only ... but also ... 可以串連起兩個名詞、形容詞等，用來描述人的才能或形容人的個性都很好用，務必要學好喔！

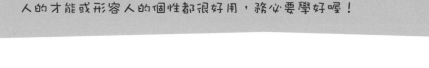

文法小診所

1. also 有沒有否定用法？

若前面有肯定句，要提出另一個否定概念時，also 才有否定的用法。若前面是否定句，若要附和該否定句，請改用 either！

I know Mary, but I don't **also** know her brother.
我認識瑪莉，但我不認識她哥哥。
Tom doesn't know the answer. I don't know it, **either**.（○）
Tom doesn't know the answer. I don't also know it.（×）
湯姆不知道答案。我也不知道。

2. also 和 too 哪裡不一樣？

雖然兩個都是「也」的意思，但 also 是 too 的文雅說法，而且 also 可以放在句子的句首及句中，too 則只能放在句尾。此外，它們並不會一起出現唷。例如：

I want to go there **too**!
= I **also** want to go there!
= **Also**, I want to go there!
我也想要去那裡！

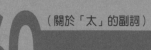

Lesson 60 （關於「太」的副詞）

too young to play
太小了還不能玩

一句話速記

線上音檔

too 是「也」，放句尾；**too** 是「太」，放句中。

文法大重點 too ... to ... 是指「太…以致於不能…」，也就是不夠標準，而不能做到需要這個標準的事情。

實例馬上看

You are **too** short **to** play at the school basketball team.
你太矮了，以致於不能在籃球校隊打球。

Mary is **too** young **to** watch this movie.
瑪莉太年輕了，以致於不能看這部電影。

It is **too** good **to** be true.
這好到不像真的。

260

文法輕鬆說

認識 too ... to ... 句型

這課要講的是「符不符合條件」，如果想說「他太小了，所以不能搭雲霄飛車」，英文該怎麼說呢？這時我們可以使用 **too ... to** ... 的句型。

too 除了前面幾課介紹的「也」，還有「太…」的意思，例如 too small 就是指「太小了」。「太…以致於不能做某事」，我們可以在做某事的動詞前加上「不定詞 to」。to 通常有「去做」或「去」、「朝向」的意思，例如 go to school（去學校），go to sleep（去睡覺）等。它可以將同一個句子裡的兩個動詞隔開，不讓它們硬碰硬。

於是，too ... to ... 就可以解釋成「太…以致於不能…」，它的句型是「S ＋V＋too adj.（形容詞）＋to V」，例如：

S	V	too adj.	to V	中文翻譯
I	am	too small	to take the roller coaster.	我太小了，以致於不能搭雲霄飛車。
You	are	too big	to wear that pants.	你太壯了，以致於穿不下那件褲子。
My mom	is	too angry	to say a word.	我媽太生氣了，以致於一個字也說不出來。

除了 too ... to ...，還有別種句型可以使用嗎？有的，可以使用 **so ... that** ...。so ... that ... 是「太…足以…」，它的解釋恰好和 too ... to ... 相反，也就是達到標準，甚至高出標準很多，而可以或不可以做需要這個標準的事情。

so 也是「如此…，太…」的意思，例如 so beautiful（太漂亮），so good（太好了）等。要表示「太…以致於不能做某事」的意思時，我們如果選擇用 so 而不是 too，就會在後面加上一個「that 子句」來說明，而不是不定詞 to。因此，so ... that ... 就可以解釋成「太…以致於…」，它的句型是「S＋V ＋so adj.＋that＋S＋V」，例如：

S	V	so adj.	that＋S＋V	中文翻譯
I	am	so small	that I can't take the roller coaster.	我太小了，以致於我不能搭雲霄飛車。
He	is	so good	that everyone likes him.	他太棒了，以致於每個人都喜歡他。
The water	is	so dirty	that nobody wants to drink.	這水太髒了，以致於沒人想喝。
Belle	is	so hungry	that she can eat up an elephant.	貝兒太餓了，以致於她可以吃下一頭大象。

　　too ... to ... 和 so ... that ... 不同的地方，就在於 too ... to ... 本身即具有否定的意味，而 so ... that ... 則比較中性，須看後面的 that 子句是用肯定式還是否定式。另外，too ... to ... 的 to 後面直接連接原形動詞，so ... that ... 的 that 後面則要使用「主詞＋動詞」的子句形式，千萬不要搞混了喔。

1. such ... that ...

　　和 so ... that ... 用法類似的還有一個 such ... that ...。從句型上來看，so ... that ... 的 so 後面加的是形容詞或副詞，such（這樣的，如此的）... that 的 such 因為是形容詞，所以後面加的是名詞。因此，such ... that ... 的句型是「such＋a / an（＋adj.）＋N＋that＋S＋V」，解釋為「這樣的一個…以致於…」，例如：

She is **such** a beautiful lady **that** men all love her.
她是這樣一位美麗的女士，以致於所有男人都愛她。
（＝She is **so** beautiful **that** men all love her.）

當然也可以說 She is so beautiful a lady that men all love her.。

This is **such** a funny story **that** everyone is laughing.
這是這樣一個有趣的故事，以致於每個人都在大笑。
（＝This is **so** funny **that** everyone is laughing.）

當然也可以說 This is so funny a story that everyone is laughing.。

　　因為說法太多而記不住了嗎？沒有關係，如果無法記住每一種說法，只要記得任何一種，都可以說得一口漂亮的英文唷！

5

介系詞與連接詞

　　「你躲在哪裡啊？」「我在衣櫃裡面！」「我在餐桌下面！」大家一定都有玩過躲貓貓。「在…裡面」、「在…下面」在英文裡可以用一種特別的詞類來表達，那就是「介系詞」。

　　什麼叫做介系詞呢？「介」就是「介於」、「在…之間」的意思。「系」表示詞與詞之間的「空隙」。所以，介系詞就是指出現在詞與詞之間的「短短的英文單字」，例如 in, on, under 等，它們就如同中文裡的「在…裡面」、「在…上面」、「在…下面」等意思。

　　介系詞按照使用方式有地方介系詞、時間介系詞等種類，它們大多是短小而耐用的小傢伙。比較困難的是，我們要懂得區分這些介系詞在何時使用，代表什麼意思，因為一旦用錯了，不是搞錯時間，就會是搞錯地方囉。Lesson 61 到 Lesson 69 就要告訴你怎麼使用短短的介系詞，讓句子看起來更加完整唷。

　　你「和」我，我們要去遊樂園「還是」動物園玩呢？先別急著去玩，看看「和」、「還是（或是）」這兩個字詞，它們就是英文裡的「連接詞」。

　　什麼是連接詞呢？「連接」就像是膠水一樣，把一邊的詞或句子和另一邊的詞或句子「黏起來」，好讓前後句子唸起來變得更加對稱而通順。

　　在連接詞裡，主要有「對等連接詞」和「從屬連接詞」兩類。前面說過的「和」（and）還有「或是」（or）就是「對等連接詞」；而像「因為」（because）、「所以」（so）、「雖然」（although）、「但是」（but）等就是「從屬連接詞」。

　　Lesson 70「and」Lesson 71，我們要教你「對等連接詞」的使用方法；從Lesson 72 到 Lesson 75，我們要教你「從屬連接詞」的正確用法。想把英文說得既清楚又有道理嗎？千萬別錯過這裡唷！

in, at, on
到底躲在哪裡呢？

線上音檔

in 在裡面，**on** 在上面。

我在上面要用on！

我在裡面要用in！

文法大重點

表示「在」的地方介系詞，基本上有三種：**in, at, on**

在⋯裡面：　　　　　**in**＋ 地方

在⋯（詳細的位置）：**at**＋ 詳細的地方

在⋯上面：　　　　　**on**＋ 地方

實例馬上看

I am **in** the bedroom.　我在房間裡面。

We are **in** the park.　我們在公園裡。

You are **at** the bus stop.　你在公車站牌。

She is **at** the door.　她在大門口。

He lies **on** the bed.　他躺在床上。

They sit **on** the sofa.　他們坐在沙發上。

文法輕鬆說

認識地方介系詞

　　琪琪和她的同學寶寶、貝貝、糖糖在玩躲迷藏。寶寶躲「在」衣櫥「裡」；貝貝躲「在」牆角；糖糖躲「在」床鋪「上」。請問：琪琪躲在哪裡呢？沒錯，琪琪沒有躲起來，因為她當鬼。英文的「在」有三種寫法和用法。第一個是 **in**，意思指「在…裡面」，所以只要是某人或某東西「在」某地方「裡面」，就用 in 表示，再加上地方名稱。例如：

My mom is **in** the kitchen.　我媽媽在廚房裡。
The pencil is **in** the pencil box.　鉛筆在鉛筆盒裡。

第二個是 **at**，意思指「在…詳細、明確的地方或定點」，例如：

She is **at** the end of the street.　她在街尾。
He is **at** the bus stop.　他在公車站牌。

第三個是 **on**，是指「在…上面」，例如：

The fork is **on** the table.　叉子在餐桌上。
The clock is **on** the wall.　時鐘掛在牆上。

還是仍確定這三種用法嗎？那我們一起來看圖練習：

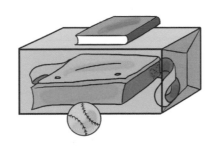

The book is **on** the box.　書在箱子上。
The bag is **in** the box.　書包在箱子裡面。

The ball is **at** the box. 球在箱子角落。

in, at, on 也可指示時間

這樣是不是更清楚 in, at, on 的用法了呢？ in, at, on 除了可以用在地點、位置，還可以用來表達「時間」喔！

表示時間的 in

❶「in＋ 季節，年份，月份」，例如：

I was born **in** summer. 我在夏天出生。

She was born **in** 1988. 她在 1988 年出生。

❷「in＋ 早上，下午，傍晚」，例如：

We go home **in** the afternoon. 我們下午回家。

They do homework **in** the evening. 他們傍晚做回家功課。

表示時間的 on

❶「on＋ 星期幾」，例如：

You study English **on** Sundays. 你每星期天學英文。

❷「on＋ 日期」，例如：

They married **on** May 15, 2009. 他們在 2009 年 5 月 15 日結婚。

表示時間的 at

❶「at＋ 幾點幾分」，例如：

The school bus leaves **at** 8:40 a.m. 校車早上八點 40 分開走。

❷「at＋ 晚上」，例如：

Monica goes to bed **at** night. 莫妮卡晚上上床睡覺。

1. 用在時間上的 in, on, at 怎麼記？

三個「在」用於時間上面時，會變成三兄弟，老大是 in，老二是 on，老三小妞妞是 at。

如果想要說明「長時間」，例如說明「季節、年份、月份」，或是「整個早上、下午、傍晚」等時間，我們就找老大 in。

如果是說明「星期幾」和「日期」的話，老二 on 就可以出馬上陣。

如果只有說到「幾點幾分」或是「晚上」（要準備睡覺的短短時間）時，只要用到老三小妞妞 at 就可以了。

因此，簡單來說，將這三兄弟帶入數學的公式，就是：

in＞on＞at（in 大於 on；on 大於 at）

in 後面接的時間比 on 後面接的時間大，而 on 後面接的時間又比 at 後面接的時間大。

to
動詞最愛的旅行包

一句話速記

線上音檔

到哪去哪，**to** 加地方。

我要去那裡！
go to
帶我一起走！

文 法 大 重 點　動詞（做什麼事）＋**to**（到，去）＋（地方）

實 例 馬 上 看　

主詞	動詞（做什麼事）	to（到，去）	地方	中文翻譯
I	walk	to	the office.	我走路去辦公室。
She	flies	to	Brazil.	她飛到巴西。
You	come	to	my house.	你來到我家。
They	go	to	the airport.	他們去機場。

看 相 關 文 法

Lesson 19　it 作主詞的句型

Lesson 60　關於「太」的副詞

認識介系詞 to

　　想想看，為什麼學生要「去」學校呢？哈哈～想到了嗎？因為學校不會「到」你家呀！在英文裡，「去」和「到」都是用 **to** 來表示。這個 to 就像是旅行包或行李箱一樣，隨時揹在動詞的後背上。只要動詞揹上這個旅行包，就可以隨時隨地到你想去的地方喔！例如：他開車到機場。這句話的動詞是「開車」，動詞再揹上旅行包 to，就能到達「機場」囉！所以這句英文就可以寫成：

He drives **to** the airport.　他開車到機場。

　　是不是很有趣呢？只要有了旅行包 to，我們就可以環遊世界了。現在的你想去什麼地方呢？我想要去義大利，可以幫我造造看這個句子好嗎？……「我」是 I，「去」是 go，再揹上背包 to，然後，不用買機票，也不用坐飛機，我就可以到達「義大利」囉。整句的英文就是：

I go **to** Italy.　我去義大利。

　　趕快揹上旅行包 to，一起環遊世界吧！

She flied **to** Singapore.
她飛到新加坡去了。
I will take a bus **to** the Palace Museum tomorrow.
我明天要搭公車去故宮。

「to ＋原形動詞」的用法

　　還記得在 Lesson 19 裡 it 作主詞的句型，以及 Lesson 60 裡 too ... to ... 的句型嗎？比如說：

It is good **to** learn new things. 學習新事物很好。

You are too big **to** wear that pants. 你太壯了，以致於穿不下那件褲子。

在這兩種句型裡，to 不是像前面的地方介系詞一樣，後面接一個地方，而是接原形動詞 learn（學習）和 wear（穿，戴）。「to＋原形動詞」的時候，文法上給了 to 一個新名字，叫做「不定詞」。記不住這個名字沒關係，只要知道這裡會用 to，主要是為了隔開前後兩個動詞，而且 to 後面的動詞，一定得是原形哦！我們再來多看幾個使用了「to＋原形動詞」的句子吧：

I hope **to be** a singer. 我希望能成為一位歌手。

She wants **to make** friends with Jessie. 她想和潔西做朋友。

I am sorry **to be** late. 很抱歉我遲到了。

1. to 還可以報時間！

　　to 除了可以當作旅行包移動「到」你要去的地方以外，還可以用來「報時間」喔！想一想，當家裡的咕咕鐘整點報時的時候，會發生什麼事呢？沒錯，咕咕鐘裡的小鳥會跳出來說：「咕咕！咕咕！咕咕！咕咕！」你有沒有發現這個咕咕鳥發出的聲音，好像在說 To to! To to! To to! To to!，所以，to 的另一個用法，就是「報時間」。「報時 to」會告訴你，還差多少分鐘就幾點了。例如：

It's ten **to** seven. 還差十分鐘就七點了。
It's a quarter **to** four. 還差 15 分鐘就四點了。

　　我們也可以說「再十分鐘『就到』七點了。」、「再 15 分鐘『就到』四點了。」這裡的「就到」就是 to。因此，to 除了可以用來表示空間上的移動外，也可以當作「報時 to」用，表示時間上的移動喔！

Ten to seven!

一句話速記

over，**over**，越過，越過。**through**，**through**，穿過，穿過。

over

我要越過整座山！

through

我用穿得比你快！

文法大重點

動詞（做什麼事）＋**over**（越過）＋（地方）

動詞（做什麼事）＋**through**（穿過）＋（地方）

實例馬上看

主詞	動詞（做什麼事）	over / through	地方	中文翻譯
The plane	flies	over	the mountain.	飛機越過高山。
We	fly	over	the Alps.	我們飛越阿爾卑斯山。
A bird	flies	through	the window.	一隻鳥穿過窗戶。
The train	passes	through	the tunnels.	火車穿過山洞。

文法輕鬆說

認識 over 和 through

你一定會唱這首歌:「火車快飛,火車快飛,穿過高山,越過小溪…啦
〜啦〜」「穿過」是什麼意思?「越過」又是什麼意思呢?這兩個意思是一
樣的嗎?當然不一樣唷!動腦想想看,火車是如何穿過高山,越過小溪的
呢?當火車「穿過」高山時,它一定是通過山洞,才能夠「穿過」高山。當
火車「越過」小溪時,小溪上方一定有一座橋,火車才能夠從橋上橫越過
底下這條小溪。所以,在英文裡,「穿過」就是 **through**,「越過」就是
over。

看看下方的圖,你就會更清楚什麼是 through,什麼是 over 囉:

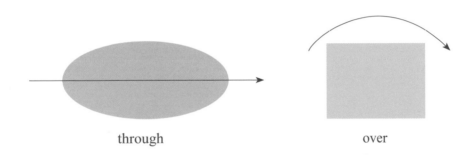

through   over

由上面的圖,可以清楚知道 through 就是從一個東西裡面直接通過或穿
過,而 over 就是從一邊到另外一邊,橫越某個東西的「頂部」。

看過了圖示,你一定更了解 through 和 over 的用法了。那再考考你,
「這條運河穿過這個城市」,要用 through 還是 over 呢?想想看,城市
「裡」開闢了一條運河,而不是城市「上方」開闢了一條運河,所以是用
through 喔!因此,這句話可以寫成:

The river runs through the city. 這條運河穿過這座城市。

「飛機從山丘上飛過」,這個要用 through 還是 over 呢?想想看,飛機
可不可以飛到山丘「裡」呢?當然不行呀,那可是撞山耶!飛機只能從山丘
「上」飛過去,所以,這句話可以寫成:

The plane flies **over** the hill. 飛機從山丘上飛過。

這麼一來，是不是很清楚地掌握了 over 和 through 的意思了呢？

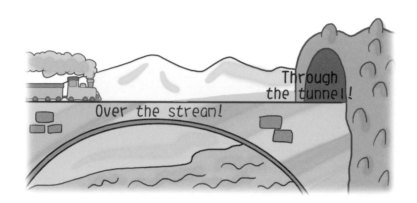

1. through 和 over 只有「穿過」和「越過」的意思而已嗎？

❶ through 還有「遍及，遍佈」、「從頭到尾」的意思，例如：

「遍及，遍佈」　He has traveled **through** Europe. 他已遊遍全歐洲。
「從頭到尾」　　I read **through** the book. 我把書從頭到尾都看了。

❷ over 還有「覆蓋」、「多於，超過」的意思，例如：

「覆蓋」　　　The bedclothes are **over** her head. 床單蓋在她頭上。
「多於，超過」　Children of twelve and **over** must pay.
　　　　　　　超過 12 歲以上的兒童必須要付費。

　　當 over 解釋為「多於，超過」時，它和 **above**（以上，超過）的用法和意思是一模一樣的唷。
　　下一課我們就會介紹到 above 的用法了，那麼，我們一起 go **over** 到下一課吧！

above 或 under
120 公分以下的小朋友不用錢哦！

 一句話速記

線上音檔

above the mouth and under the eyes，就是鼻子的所在。

文法大重點 above（上方，以上，超過）是 under（下方，以下，低於）的相反。

 **實例馬上看**

There is a rainbow **above** you.　在你上方有一道彩虹。

We flew **above** the clouds.　我們在雲層上方飛翔。

She hid **under** the table.　她躲在桌子底下。

They played ball **under** the tree.　他們在樹下玩球。

278

有一天，嘴巴、鼻子、眼睛和眉毛在聊天。

嘴巴問鼻子：Why are you **above** me?（你為什麼在我上面？）鼻子回答：「因為我可以聞到你吃的食物呀！」鼻子也問眼睛：Why are you **above** me?（你為什麼在我上面？）眼睛回答：「因為我可以看到你聞的東西的形狀呀！」

不一會兒，鼻子愈想愈不對，於是問眉毛：So, why are you **above** us, too?（那你又為什麼在我們上面呀？）眉毛笑笑回答：If I were **under** you, where would you move the moustache?（如果我長在你鼻子下面，那你的鬍子要住哪？）

認識 above 與 under

從上面那個笑話，是不是可以清楚了解什麼是 **above**，什麼是 **under** 了呢？「上面」或「上方」的英文就是 above，「下面」或「下方」的英文就是 under。我們畫個圖來解釋，相信你會更了解喔：

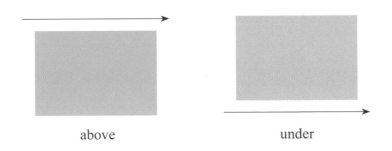

above   under

你知不知道爸媽帶我們去看電影時，電影院售票處旁邊會有一個身高表，那是做什麼用的呢？是要測量你的身高啊。通常，超過 120 公分以上（above）的小朋友要付電影票的錢，但是如果你只有 115 公分，要付錢嗎？當然不用啦！如果你是 120 公分以下（under）的小朋友，就不用錢囉！

Children **above** 120 cm need to pay. 120 公分以上的兒童須付費。

Children **under** 120 cm are free. 120 公分以下的兒童免費。

想想看，你要不要付錢呢？

1. above 和上一課的 over 意思和用法完全一樣嗎？

　　一般來說，它們是一樣的，都是指一個東西在另一個東西的「正上方」。但是，如果一定要比較的話，有時候句子只能用 over，不能用 above 喔，例如：

She is wearing a raincoat **over** her dress.
她在洋裝外面又穿了一件雨衣。

在這個例句裡，只能用 over，不能用 above 喔！因為 over 有「覆蓋」的意思，所以這句是指「她在洋裝外面『覆蓋』了一件雨衣」。如果把 over 改成 above，意思就不一樣囉，會變成「雨衣在洋裝上面」（那怎麼穿啊？）所以，如果要形容一個東西蓋在另一個東西上面，就要用 over 喔！

這樣才能用 above！

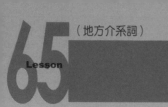

（地方介系詞）

behind, between, beyond
我家門前有小河，後面有山坡⋯

 mp3★65

線上音檔

behind 在後邊，**between** 站中間，**beyond** 最前面。

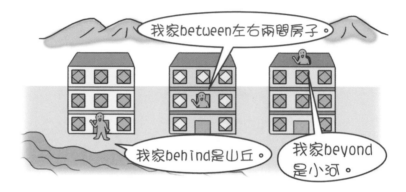

文法大重點 behind / beyond＋人或地方
between＋人或地方＋and＋另一個人或地方

 實例馬上看

	S＋V	behind / beyond	人或地方	中文翻譯
在⋯後面	I sat	behind	a woman.	我坐在一個女人的後面。
	A tree stands		the classroom.	一棵樹佇立在教室後面。
在⋯那一邊	The river is	beyond	the hills.	那條小河在山丘的那一邊。
	Her house is		the mountains.	她家在山的那一邊。

	S＋V	between	人或地方	and	另一個人或地方	中文翻譯
在⋯和⋯之間	Jenny sits	between	you	and	me.	珍妮坐在你和我的中間。
	My house is		your house		his house.	我家在你家和他家的中間。

有一首兒歌是這麼唱的：

「我家門前有小河，後面有山坡。山坡上面野花多，野花紅似火。……」

你可以想像這首歌的風景嗎？現在先拿出一張紙來，把這首歌的家畫成「你的家」。然後，在家門前畫一條小河。

在家的後方，很遠的那一邊畫一座山坡，山上要種很多小花喔！

接下來，畫一個「小狗狗的窩」，把它畫在你家的左邊。最後，請再畫上「小貓咪的窩」，畫在你家的右邊。（千萬不要把小貓咪的窩和小狗狗的窩畫在一起，不然牠們會吵架喔！）

認識 behind, between 和 beyond

現在，仔細看著你畫的圖，動腦時間到了。

考考你，第一題，請問：「你家在什麼東西和什麼東西之間？」答對了，「你家在小狗狗的窩和小貓咪的窩之間」。在英文裡，「在…和…之間」就是用「**between** ...（什麼地方）**and** ...（什麼地方）」。

第二題，準備好了嗎？請問：「圖裡在小河後方的是什麼？」答對了，「在小河後方的是『你家』」。在英文裡，「在…後方」就是用「**behind** ...（什麼地方）」。

最後一題，請問：「在你家遠的那一邊有什麼東西？」哇～聰明的你又答對了，就是「山坡」。在英文裡，「在…遠方的那一邊」就是用「**beyond** ...（什麼地方）」。

現在看看下面的圖和三個例句：

The heart is **between** the circle **and** the square.

愛心在圓圈和正方形之間。

The triangle is **behind** the heart. 三角形在愛心的後面。

The sun is **beyond** the heart. 太陽在愛心遠方的那一邊。

　　看完了以上的圖片，是不是覺得更簡單了呢？現在你可以再多畫一張你喜歡的地方，畫完後，用 between, behind, beyond 來練習看看吧！

1. 跟 between, behind, beyond 有關的成語

❶ **Between** Scylla **and** Charybdis. 在席拉和卡律布迪斯之間。

　　在希臘羅馬神話故事裡，麥西拿海峽（Messina）住著兩個長生不死的老妖怪一席拉（Scylla）和卡律布迪斯（Charybdis）。

　　有一天，伊薩卡島（Ithaca）的國王奧德修斯（Odysseus）經過這個海

峽，竟然被這兩個妖怪夾攻。席拉有六個頭和 12 隻腳，卡律布迪斯能將大海變成一個大漩渦，國王奧德修斯在這個海峽處境十分危險。因此，這個成語常被用來形容某人處於「進退兩難」的困境。

❷ Burn your bridges **behind** you. 燒毀在你後面的橋。

在古代，打仗的方式有很多種，其中最常用的就是「燒毀在你後面的橋」。這句意思是說，切斷你和敵人之間的通道，你無法再回頭，敵人也無法再前進，有「破釜沉舟」、下定決心為自己行為負責的意思。

❸ **Beyond** the pale. 在範圍以外。

pale 是指私有土地的範圍。14 至 16 世紀時，大英帝國佔據了愛爾蘭的都柏林、法國的卡萊等土地，並且稱它們為 the pale（大英帝國的私有土地）。在這些土地範圍內的人，他們都稱為「文明人」，但在這些土地以外的人，就被認為是沒有文明的「野蠻民族」。當時，這些「野蠻民族」就被稱為是 beyond the pale。現在，如果有人不遵守規定，做出違規的行為，就可以稱其為 beyond the pale。

inside, outside, beside
你站在哪一邊呢？

 一句話速記

線上音檔

inside, outside 裡和外，旁邊是 beside。

捷運站

你猜我是 inside 還是 outside 啊？

管你 inside 邊是 outside，我會一直 beside 你的啦！

outside　　inside

文法大重點　inside（在…裡邊）
　　　　　　　outside（在…外邊）｝＋人或地方
　　　　　　　beside（在…旁邊）

 實例馬上看

	S＋V	inside / outside / beside	人或地方	中文翻譯
在…裡面	I went	inside	my room.	我走進我的房間。
在…外面	He takes exercise	outside	the house.	他在房子外面運動。
在…旁邊	Mary is standing	beside	me.	瑪莉正站在我的旁邊。

　　有一個女孩昏倒在屋子外（**outside** the house），她咬了一口蘋果，蘋果跑進了她的肚子裡（**inside** her tummy），其他吃剩的蘋果掉在她身旁（**beside** her body）。請問：她是誰？猜到了嗎，她就是 Snow White（白雪公主）！

認識 inside, outside 和 beside

　　inside, outside, beside 和先前介紹過的介系詞一樣，都是在表示位置或方向。「在…裡面」我們用 **inside**；相反地，「在…外面」我們就用 **outside**。至於「在…旁邊」我們就用 **beside**。一起來看看下面的圖示和例句，你就會覺得更簡單了喔！

　　安安有兩個哥哥，大哥叫做皮皮，「他在房子裡面。」（He is **inside** the house.）

　　二哥叫做祥祥，「他在房子外面。」（He is **outside** the house.）

　　那站在祥祥旁邊的是誰呢？（Who is standing **beside** Shasha?）

皮皮　　　　　祥祥　　？

　　當然就是安安囉！inside, outside, beside 的用法跟其他表示空間的介系詞一樣，只要多練習幾次，相信你一定个會用錯的。

　　再多看幾個例句吧：

There is a little baby **inside** mommy's tummy.

媽咪的肚子有一個小寶寶。

There are many flowers **outside** my house. 我家外面有很多花。

I sit **beside** my mommy. 我坐在媽咪旁邊。

 文法小診所

1. in 和 inside，out 和 outside 是一樣的嗎？

❶ inside 和 outside 有「強調」的作用

inside 和 outside 的語氣比 in 和 out 還要強烈，它們通常會用來強調特定的人事物。例如：

Stay **inside** the classroom. 留在教室裡面。

-- 用 inside 來強調必須「完全待在教室裡面」，一步都不許踏出去。

There is a car **outside** the house. 屋子外面有一輛車。

-- 用 outside 來強調有一輛車「就在屋子外面」，而且離屋子並不遠。

❷ in 和 out 後面必須加地方或位置；inside 和 outside 可以不用加。例如：

in the classroom（在教室裡）；**out of** the box（在盒子外面）

-- 必須加上地方或位置。

It is raining **outside**. 外面正在下雨。

It is warm to sit **inside**. 坐在室內很暖和。

-- 不必加上地方或位置，此時的 outside 和 inside 是表示地方的副詞。

（時間介系詞）

Lesson 67

for 跟 since
有多久了呀？

線上音檔

一句話速記

一段時間跟著 for，since 從何時之後。

 文法大重點

have / has＋p.p.＋ $\begin{cases} \textbf{for}（長達）＋一段時間 \\ \textbf{since}（自從）＋開始的時間 \end{cases}$

 實例馬上看

Monica has married $\begin{cases} \textbf{for} \text{ nine years. 莫妮卡結婚長達九年了。} \\ \textbf{since} \text{ 2000. 莫妮卡從 2000 年就結婚了。} \end{cases}$

Kelvin has lived in Taipei $\begin{cases} \textbf{for} \text{ 2 months. 凱爾文住在台北長達二個月了。} \\ \textbf{since} \text{ May. 凱爾文從五月就住在台北了。} \end{cases}$

 看相關文法

Lesson 10　現在完成式句型

290

去年 11 月，貝貝買了 50 塊蛋糕放進冰箱。

每個星期日早上，貝貝都會拿一塊出來吃，請問：一年後的 11 月，貝貝總共吃了多少塊蛋糕？

拿出計算機算看看，「從」去年的 11 月「開始」，到今年的 11 月，一共「長達」了…天哪～長達一年啦，放了這麼久的蛋糕還能吃嗎？

認識 for 跟 since

在英文裡，我們使用 **for** 來表示「長達」多久時間，而用 **since** 表示「自從…開始」。從貝貝把蛋糕放入冰箱的那一天開始，我們可以說 Peipei has put the cake in the fridge **since** last year.（貝貝從去年開始把蛋糕放進冰箱。）到現在蛋糕都已經放一年了，我們就可以說 Peipei has put the cake in the fridge **for** one year.（貝貝放那個蛋糕在冰箱已經長達一年了。）

現在我們用圖來解釋 for 和 since：

1. for（長達）＋（多久時間）：

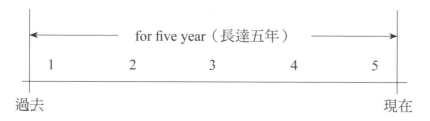

for five year（長達五年）

1　　　2　　　3　　　4　　　5

過去　　　　　　　　　　　　現在

2. since（自從）＋（開始的時間）：

since 2005　　　從 2005 年起

2005 年　　　　　　　　　　現在
過去

3. 例句：

for (長達)		since (自從)	
one hour	一個小時	three o'clock	三點
two days	兩天	Monday	星期一
three weeks	三個禮拜	last week	上個禮拜
two months	兩個月	he moved in	他搬進來
three years	三年	2009	2009 年
ten minutes	十分鐘	New Year's Day	元旦
a long time	許久	December	十二月

　　這樣你知道了 for 是加一段時間，而 since 是加某個開始的時間點。有了它們兩個，句子就有了「持續」的涵義。想起來了嗎？表示持續一件事或一種狀態已經有多久時，我們會用「現在完成式」（沒什麼印象？快翻到 Lesson 10 吧！）。所以囉，會說到「for＋一段時間」或是「since＋開始的時間」的句子，都要用現在完成式的長相喔，例如：

She **has been** in hospital **for** two days.
她已經待在醫院兩天了。
We **have known** each other **since** 2009.
我們自從 2009 年開始就已經認識彼此了。

　　另外，還有一點要注意！中文有「從三天前」、「從一個禮拜前」的說法，所以很多人會很自然地造出「since three days ago」、「since a week ago」的句子，但這是具有爭議的用法，甚至認為是錯誤的，所以請避免這樣的使用。

1. for 除了表示「時間」外，還可以當「給…」、「為了…」 等意思使用

❶ 「給…」的用法，例如：

I bought a present **for** you. 我買了一個禮物要送給你。

You write English books **for** children. 你寫給小朋友看的英文書。

❷ 「為了…」的用法，例如：

I work **for** him. 我為他工作。（我在他那裡上班。）

You are training **for** an important race.

你為了一個重要的比賽而接受訓練。

before, during, after
很久很久以後⋯

（時間介系詞）

before dinner，晚餐前。**after lunch**，午餐後。

> before晚餐，after午餐，
> 我總想喝杯下午茶！

文法大重點 **before**（之前）/ **after**（之後）＋ 某個狀態（名詞 / 動詞 -ing）

during（在⋯期間）＋ 某個狀態（名詞）

 **實例馬上看**

在⋯之前　　I brush my teeth **before** going to bed.
　　　　　　我上床睡覺前刷牙。

在⋯之後　　You go to school **after** the breakfast.
　　　　　　你吃完早餐後去上學。

在⋯期間　　They chatted **during** the class.
　　　　　　他們上課時聊天。

294

從前有個傳說，如果你的牙齒掉了，要在「睡覺前」將你掉下來的牙齒放在枕頭下方。當你「在睡覺時」，會出現一位 Tooth Fairy（牙齒仙子），她會用一分錢和你交換掉下來的牙齒。在你「起床之後」，你就能在枕頭下方找到這一分錢，而且你的牙齒也會因此而不見喔！

認識 before, during 與 after

有聽說過這則傳說嗎？在英文裡，「睡覺前」就是 **before** sleeping。在 before 後面加上你要做的動作，意思就是「在…（做什麼事）之前」。

「在睡覺時」就是 **during** the sleep，在 during 後面加上想做的事，意思就是「在…（什麼事）期間」，注意哦！這裡只能放名詞（sleep），不能夠放動詞-ing（sleeping）唷。

「起床之後」的英文是 **after** getting up，在 after 後面加上你想做的事，意思就是「在…（做什麼事）之後」。

我們來看看下面的例句，你就能更加了解囉：

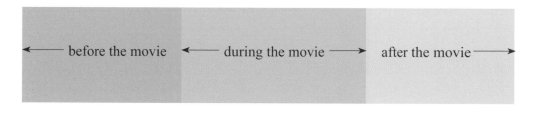

I bought two tickets **before** the movie. 看電影前，我買了兩張票。
I fell asleep（睡著的）**during** the movie. 看電影時，我睡著了。
I went home **after** the movie. 看電影後，我回家了。

before the movie 就是要看電影之前；during the movie 就是正在看電影的時候或看電影的期間；after the movie 也就是電影看完之後。這樣是不是很清楚了呢？之前、之後、在之間，before, after 和 during。

before during after

我們再來多看幾個例子囉:

I was nervous **before** the exam.

在考試之前,我很緊張。

She stayed home **during** the weekend.

在週末期間,她都留在家裡。

They went home **after** the shopping.

逛完街後,他們就回家了。

文法小診所

1. during 和 while, for 後面都可以接「一段時間」,它們有什麼不同嗎?

❶ during 和 while 的不同

  during 強調「在⋯期間以內」,而 **while** 只是指「當⋯一段時間」。

而且，during 的後面不能加上動詞，只能加上名詞；while 後面則是要加上一個完整的句子。看看下面的例句：

They didn't speak **during** the meal.
在用餐期間，他們沒有說話。
They didn't speak **while** we were eating.
我們用餐這段時間，他們沒有說話。

❷ during 和 for 的不同

　　during 和 for 的解釋有些不一樣。我們都知道 during 的意思是「在…期間」，而在 Lesson 67 我們說到 for 的意思是「長達…多久時間」。雖然 during 和 for 的後面都是加「某段期間」，但所要加上的內容並不一樣喔！我們再用上面的例句來跟 for 比較看看：

They didn't speak **during** the summer.　他們在夏天期間都沒有說話。
They didn't speak **for** three months.（○）他們長達三個月都沒說話。
They didn't speak for the summer.（✕）他們「長達夏天時間」都沒說話。

　　如果把 during 換成 for，後面 the summer 也要換成「多久時間」（three months），不然意思會變得很奇怪喔。

（其他介系詞）

by 和 with
搭公車上學要用哪一個呢？

Lesson 69

I go to school with Mike. We go to school by bike.
我跟邁可一起去學校。我們騎腳踏車去學校。

文法大重點
by（搭，坐，騎）＋交通工具
with（和，用）＋（某人，某事物）

實例馬上看

Peter goes to work **by** MRT. 彼得搭捷運去工作。

Jane traveled around Taiwan **by** bike. 珍騎腳踏車環島。

Peter goes to work **with** Jane. 彼得和珍一起去工作。

Jane traveled around Taiwan **with** Peter. 珍和彼得一起環島。

看相關文法

Lesson 21　被動句型

托托和琪琪是好朋友，平常托托都會「和」琪琪一起「騎」腳踏車上學。

有一天，他們吵架了，托托自己「騎」腳踏車上學，而琪琪則「坐」爸爸的汽車上學。他們是同一時間出發的，但是琪琪卻遲到了。為什麼「坐」汽車比「騎」腳踏車慢呢？啊～因為托托的家就在學校旁邊而已，而琪琪的家距離學校比較遠呀！

認識 by 和 with

你知道「和」、「騎」和「坐」的英文分別是什麼嗎？「和」的英文可以用 with，它也可以解釋為「用」。在英文裡，我們通常會在一句話的最後面才加上「和」，然後再在「和」的後面加上某人或某事物，例如：

You went to a party **with** him. 你和他去參加派對。

I cut the paper **with** scissors. 我用剪刀剪紙。

我們用 **by** 當作「騎」和「坐」，甚至「搭」的意思。從「騎」、「坐」、「搭」等字看來，可以知道它們後面應該是接交通工具，例如：

She goes home **by** bus. 她坐公車回家。

They went to the hotel **by** taxi. 他們搭計程車去飯店。

從上面的例句可以知道，「by＋交通工具」也是放在句子的最後面。這樣懂了嗎？我們來練習看看，下面的句子要用 by 還是 with 呢？

He traveled to America _____ family.

He traveled to America _____ airplane.

第一句是用 with，第二句是用 by，你答對了嗎？第一句的最後一個字是 family（家人），前面加上 with，意思就是「和」家人一起去美國旅行。

我參觀金字塔by駱駝。

第二句的最後一個字是 airplane（飛機），在交通工具前面必須要加 by 才對，因為你不能 with（和）交通工具一起去美國，而是要「搭乘」交通工具去美國才行。所以第二句的意思就是「搭」飛機去美國。

1. by 除了當作「搭，坐，騎」使用，還有其他意思嗎？

by 這個字雖然簡單，但它卻是一個很複雜的單字。它會化身成各種意思喔！除了可以當「搭，坐，騎」解釋外，還可以當「被⋯」、「在⋯旁邊」的意思喔！

by 當「被⋯」的意思時，通常和被動式一起使用，例如：

She was picked up at the airport **by** her mother.
她被她母親在機場接走了。

by 當「在⋯旁邊」的意思時,它和 next to, beside 的意思一樣,例如:

The cat lay **by** my side. 小貓躺在我旁邊。

2. with 和 and 是一樣的嗎?

and 的意思都是「和」,with 也有「和」的意思,但它們的用法卻不一樣喔!with 是某人做某事時「和某人」一起,而 and 是某人「和某人」一起做某事。你看出來了嗎?它們放的位置是不一樣的,例如:

Jenny works **with** Kelly. 珍妮和凱莉一起工作。
Jenny **and** Kelly work together. 珍妮和凱莉一起工作。

雖然兩句話意思相同,但 with 放在靠近句尾的地方,而 and 則在句首附近,千萬不要忘記了。

70

Lesson（對等連接詞）

and 或 or
搞清楚了嗎？

線上音檔

你和我，**you and me**；咖啡或茶，**coffee or tea**。

文法大重點　and（和，還有）：某人事物＋and 某人事物

　　　　　　　or（或者，還是）：某人事物＋or 某人事物

I like apples **and** bananas.　我喜歡蘋果和香蕉。

You stayed home **and** watched TV.　你待在家裡看電視。

Do you want fried **or** boiled eggs?　你想要吃煎的還是煮的蛋？

I will meet you on Monday **or** Tuesday.　星期一或是星期二我會去找你。

看相關文法

Lesson 71　either ... or ...　還可以有一個，

neither ... nor ...　兩個都沒有啦！

302

　　有一位老爺爺嗅覺非常靈敏，比平常人還要靈敏了好幾倍。有一天，他朋友請他吃飯，並把他的眼睛矇起來，要他猜猜看所吃的東西是什麼。當天，朋友請他吃的是世界上最名貴的熊掌飯「和」（**and**）魚翅飯，結果吃了老半天，老爺爺不確定地說：「這到底是排骨飯『還是』（**or**）雞腿飯呢？」為什麼老爺爺猜不出來呢？因為老爺爺一生勤儉樸實，從來沒吃過熊掌飯「和」（**and**）魚翅飯呀！結果，他錯把山珍海味當成家常便飯，這是好事「還是」（**or**）壞事呢？

認識 and 和 or

　　在英文裡，「和」我們都用 **and** 來表示，而「還是」、「或是」、「或者」我們就用 **or** 來表示。

　　and 包含了兩個人事物（某人事物＋and＋某人事物），例如：

She likes you **and** me.　她喜歡你和我。
I stayed home **and** studied.　我留在家裡唸書。

　　這裡的「你」和「我」就包含了兩個人，而「留在家裡」和「唸書」就包含了兩件事。

　　or 是指選擇其中一個人事物（某人事物＋or＋某人事物），例如：

She might buy a dog **or** a cat.　她可能會買一隻狗或一隻貓。
They will play tennis **or** golf.　他們會打網球或是高爾夫球。

　　她不是買一隻狗就是買一隻貓，絕不會兩個都買。他們不是打網球就是打高爾夫球，絕不會兩個都打。因此，or 是有選擇性的，要選這個「或是」選那個。

　　我們再來看看下面的例句：

Do you want some noodles **or** rice?　你想要吃麵還是飯呢？

上面的例句是「有選擇性的」，「麵」或「飯」選一樣來吃。如果將 or 改成 and，句子的意思就完全不一樣了：

Do you want some noodles and rice?　你想要吃麵和飯嗎？

　　改成了 and，這個例句的意思就會變成麵和飯都有，要一起吃，而不是要選擇其中一樣。

1. or 和 and 也經常出現在成語裡唷，你知道它們的意思和由來嗎？

❶ To be, **or** not to be. 要做？還是不做？

　　這句話出自莎士比亞的劇作《哈姆雷特》（Hamlet），是王子哈姆雷特的一句台詞。當時哈姆雷特想表達對於自殺的疑惑和害怕，所以他說出了這句話：To be, or not to be.，意思就是說：「活著好，還是死掉好呢？」現在我們常用這句話來形容人面臨抉擇時，難以下決定的狀況，「做，還是不做呢？」

❷ To rain cats **and** dogs. 刮大風，下大雨。

　　下貓和下狗？這是什麼意思呀？北歐神話裡有個傳說：「巫婆喜歡變成貓的樣子，在暴風雨中飛來飛去，但是每當暴風雨神奧丁（Odin）的狗看見了巫婆所變的貓時，都會狂吠追逐，因此導致風雨變得更大了。」所以，往後只要大風大雨的天氣，我們都稱其為 to rain cats and dogs。

either ... or ... 還可以有一個，
neither ... nor ... 兩個都沒有啦！

線上音檔

一句話速記
mp3 ★ 71

either or 選一個，neither nor 都沒了。

要吃法國麵包還是草莓蛋糕？

法國麵包和草莓蛋糕都不能吃！

文法大重點

兩個有一個	either＋（某人事物）＋or＋（某人事物）
	不是　　　…　　　就是　　　…
兩個都沒有	neither＋（某人事物）＋nor＋（某人事物）
	不但沒有　　　…　　　也沒有　　　…

實例馬上看

Either she is sick **or** she is tired. 她不是病了就是累了。

I eat **either** bread **or** hamburger for breakfast.

早餐我不是吃麵包，就是吃漢堡。

Neither you **nor** I know. 你和我都不知道。

You have **neither** bread **nor** hamburger for breakfast.

早餐你不但沒有吃麵包，也沒有吃漢堡。

看相關文法

Lesson 70　and 或 or 搞清楚了嗎？

在美國華爾街發生了一個銀樓搶案,一顆數千萬元的鑽石被一位搶匪搶走了。很快地,警方抓到了 A、B、C 三名嫌疑犯,還找到了兩位目擊者。

他們詢問其中一位目擊者說:「你知道這三名嫌疑犯中,誰才是真正的搶匪嗎?」這位目擊者說:「嗯⋯『不是』(either)嫌疑犯 A,『就是』(or)嫌疑犯 B。」

警方又問了另一個目擊者,他卻說:「嗯⋯好像不是嫌疑犯 A。但是,我確定『既不是』(nor)嫌疑犯 B,『也不是』(neither)嫌疑犯 C。」

請問:真正的搶匪到底是誰?

想出來了嗎?第一個目擊者說「不是」(either)嫌疑犯 A,「就是」(or)嫌疑犯 B,所以搶匪是 A 和 B「其中一個人」。第二個目擊者雖然不確定搶匪是否為嫌疑犯 A,但他確定「既不是」(neither)嫌疑犯 B,「也不是」(nor)嫌疑犯 C,也就是說 B 和 C「兩個都不是」。所以,真正的搶匪當然是嫌疑犯 A 啦!

認識 either ... or ... 與 neither ... nor ...

在英文裡,「不是⋯就是⋯」會用 either ... or ...,意思是指「其中一個」。「既不是⋯也不是⋯」會用 neither ... nor ...,意思是指「兩個都不是」。如果你還搞不清楚的話,請看以下的圖:

either ... or ...(不是⋯就是⋯)　　neither ... nor ...(既不是⋯也不是⋯)

左圖表示「不是 A,就是 B」,所以是其中的一個。右圖表示「既不是 A,也不是 B」,所以兩個都不是。很簡單吧!現在我們再一起多造幾個句

子，練習看看。「我們不是玩翹翹板，就是玩盪鞦韆。」想想看，這句話是兩樣都玩？兩樣都不玩？還是只玩其中一樣呢？沒錯，只玩其中一樣而已，所以，我們可以寫成：

We can play **either** seasaw **or** swing.
我們不是玩翹翹板，就是玩盪鞦韆。

再考你一題，「我既不會說英文，也不會說中文。」，要用 either ... or ... 還是 neither ... nor ... 呢？這句話的意思是英文和中文我都會說？還是兩個語言我都不會說呢？……答對了！是兩種語言我都不會說。所以，可以寫成：

I can speak **neither** English **nor** Chinese.
我既不會說英文，也不會說中文。

1. 需要平衡的 either ... or ... 和 neither ... nor ... !

　　either ... or ... 和 neither ... nor ... 就像是天秤一樣。天秤的左右兩端必須「一樣」地重，天秤才能平衡。如果天秤左邊放名詞，右邊卻放形容詞，天秤就無法平衡了。如果左邊放名詞，右邊也應該放名詞；或是，左邊放形容詞，右邊也應該放形容詞才對呀！所以，如果 either 和 neither 的後面是名詞，那麼 or 和 nor 的後面也要放名詞喔！例如：

（名詞與名詞的平衡）

He has to eat **either** two apples **or** an orange.

他不是必須吃兩顆蘋果，就是必須吃一顆橘子。

（形容詞與形容詞的平衡）

She is **neither** fat **nor** skinny.

她既不胖也不瘦。

（動詞與動詞的平衡）

You can **either** stay **or** leave.

你可以留下或離開。

（子句與子句的平衡）

Either John passes the exam **or** Sue wins the game will make me happy.

約翰通過考試或蘇贏得比賽都會令我高興。

線上音檔

一句話速記

因為（**because**）所以（**so**），不在一起。

文法大重點　because（因為）：句子 A ＋ **because** ＋句子 B

　　　　　　　so　　　（所以）：句子 A, ＋ **so** 　　　　＋句子 B

實例馬上看

She is hungry **because** she didn't have lunch.

她肚子餓了，因為她沒有吃午餐。

He is absent **because** he is sick.

他沒有來，因為他生病了。

She is hungry, **so** she went to eat.

她肚子餓，所以她出去吃飯了。

It was hot, **so** I opened the window.

天氣很熱，所以我開了窗戶。

有個人「因為」（**because**）耳朵聽不到，「所以」（**so**）他的朋友幫他造了一個很特別的電話。是什麼樣特別的電話呢？當這個電話響的時候，它就會發亮，這時，這位耳朵聽不到的人就可以知道電話在響了。但是，他還是覺得這個電話不好用，為什麼呢？「因為」（**because**）即使電話的燈亮了，他知道有人打電話來了，可是，當他接起電話時，他還是聽不到對方說的話呀！

認識 because 與 so

在中文的句子裡，「因為」和「所以」是夫妻，當第一個句子出現「因為」，第二個句子就會像夫唱婦隨般出現「所以」。我們也常常造「因為…，所以…」這樣的中文句子，不是嗎？可是，在英文裡，**because**（因為）和 **so**（所以）不是夫妻喔！它們根本不認識對方，而且兩個王不見王。如果把 because 和 so 放在同一個句子裡，它們可是會吵架喔！

在英文裡，because 和 so 都像是膠水，它們會將句子 A 和句子 B 黏在一起，變成一個通順有理的句子。雖然它們都是膠水，但是它們的意思和用途完全不一樣。

because 句型

當我們使用 because 時，是在說明「原因」和「理由」，句型一般是「句子 A ＋ because ＋ 句子 B」，例如：

I closed the window **because** it was cold.
我關上窗戶，因為天氣太冷了。

「我關上窗戶」的理由是 **because** it was cold。千萬不能寫成 Because I closed the window, so it was cold.，這樣不僅 because 和 so 會打架，意思也會變成奇怪的「因為我關上窗戶，所以天氣很冷」。再來多看幾個例句：

He went to bed early **because** he was tired.

他很早上床睡覺，因為他累了。

She didn't come to school **because** she caught a cold.

她沒有來學校，因為她感冒了。

so 句型

當我們使用 so 時，是指做某件事的「結果」是什麼，句型一般是「句子 A，＋so＋句子 B」，例如：

She opened the window, **so** it was cold.　她把窗戶打開了，所以很冷。

「她把窗戶打開」的結果是 so it was cold。記住，because 是在說明「原因」，而 so 是在說明「結果」唷！另外，so 的前面通常會加上逗號，而 because 的前面一般不會有逗號。再來多看幾個例句吧：

He was tired, **so** he went to bed early.

他累了，所以他很早就上床睡覺。

She caught a cold, **so** she didn't come to school.

她感冒了，所以她沒有來學校。

1. because 和 because of 都是「因為」，有什麼不一樣嗎？

because 和 **because of** 雖然意思一樣，可是用法卻不同喔！如果只有 because 一個字，後面就接一整個句子；如果是 because of，後面就只能加上名詞喔！

Because of the rain, they didn't go anywhere.
因為下雨，他們沒有出去任何地方。
Because of her beauty, he falls in love with her.
因為她的美，他愛上了她。

2. so 除了當「所以」外，還有其他意思嗎？

so 除了當作「所以」，還可以當作「如此」使用。簡單地說，就是「非常非常地」的感覺，例如：

I like you **so** much. 我如此（非常非常地）喜歡你。
-- 這句話就比 I like you very much.（我非常喜歡你。）感覺更強烈。

It is **so** hot now. 現在如此（實在非常地）熱。
-- 這句話就比 It is very hot now.（現在非常熱。）感覺更加強烈，而且，還有種熱到受不了的感覺喔。

雖然（although）...，但是（but）... 也不對喔？

一句話速記

雖然（**although**）但是（**but**），不能同時。

文法大重點　　although　雖然…（但是）…：**Although**＋句子 A, ＋句子 B
　　　　　　　　　but　　　（雖然）…但是…：句子 A,　　　＋**but**　　＋句子 B

實例馬上看

Although I bought a newspaper, I didn't read it.
雖然我買了報紙，（但是）我還沒讀。

Although it's a nice house, it doesn't have a garden.
雖然這是一間很棒的房子，（但是）它並沒有花園。

I bought a newspaper, **but** I didn't read it.
（雖然）我買了報紙，但是我還沒讀。

It's a nice house, **but** it doesn't have a garden.
（雖然）這是一間很棒的房子，但是它並沒有花園。

寶寶和媽媽一起出去逛街，媽媽看到一件很漂亮的粉紅色洋裝，想買給寶寶穿。於是，媽媽問：「寶寶，你喜歡這件洋裝嗎？媽媽買給你。」寶寶說：「哇～這件好漂亮呀！不過，『雖然』（although）我很喜歡這件洋裝，『但是』（but）我才不要穿呢！」

奇怪了，為什麼寶寶喜歡這件洋裝，卻不願意穿呢？因為呀，「雖然」（although）寶寶喜歡這件洋裝，「但是」（but）寶寶是男生，他不穿洋裝的！

認識 although 與 but

在中文裡，我們習慣造「雖然…，但是…」這樣的句子，就像造「因為…，所以…」這種句子一樣。但是在英文裡，although（雖然）和 but（但是）並不能同時出現在一個句子裡，這和 because（因為）與 so（所以）不在同個句子裡的情形一樣。為什麼 although 和 but 不能夠同時出現呢？因為 although 本身已經具有「雖然…，（但是）…」的意思了，而 but 本身也已具有「（雖然）…，但是…」的意思，如果兩個湊在一塊兒，就顯得多餘了。例如：

Although he was sick, he went to school.
雖然他生病了，（但是）他還是去學校上課。

上面是「Although＋句子 A, ＋句子 B」的句型。如果你想使用 but，就不能再用 although 囉：

He was sick, **but** he went to school.
（雖然）他生病了，但是他還是去學校上課。

上面就是「句子 A, ＋but＋句子 B」的句型。這樣的道理就像是 Lesson 82 的 because（因為）和 so（所以）一樣，我們用了其中一個之後，就不可

再用另一個囉，不然就會畫蛇添足，整個句子會變得拖泥帶水唷！所以，千萬記得，在英文的用法上，because / so 以及 although / but 各自都不是夫妻，不能放在同一個句子裡喔！我們再來多看幾個例句：

Although he is rich, he is not happy.
雖然他很有錢，他並不快樂。
Although she isn't smart, she studies very hard.
雖然她不聰明，她卻很努力唸書。
Wendy is angry, **but** she didn't show it.
溫蒂很生氣，但是她並沒有表現出來。
It is raining, **but** Adam wants to ride his bike.
現在正在下雨，但是亞當想要去騎他的腳踏車。

文法小診所

1. because 與 so，although 與 but 出現在同一句子的情況

咦？前面不是說 because 與 so，although 與 but 是王不見王嗎？為什麼還有出現在同一句子的情況呢？別急！別急！我們讀文法一定要活讀而不要死讀，像 because, so, although, but 這些都是連接子句的連接詞，所以只要出現第三個子句可以與這些連接詞子句同時作用，就可能出現 because 與 so，although 與 but 同時出現在同一句的狀況，看一下例句吧：

I'm tired **because** I worked all day long, **so** I want to go to bed early.
我累了，因為我工作了一天，所以我想早點上床睡覺。
Although I bought a newspaper, I didn't read it, **but** Jane did.
雖然我買了報紙，我沒有讀它，但珍讀了。

2. 你知道 although 和 but 也常出現在成語裡面嗎？

❶ It's easy to know men's faces, **but** not their hearts. 知人知面不知心。

「認識人的臉很容易，但是要了解他們的心卻不容易。」這跟我們中文的成語是一樣的喔～「知道人的臉，卻不知他們的心。」也就是「知人知面不知心」呀！

❷ **Although** it rains, throw not away your watering pot. 防患未然。

「雖然下雨，不要把你的水壺丟掉。」這是什麼意思呀？「下雨」和「水壺」有什麼關係呢？想想看，雖然下雨了，如果你沒把水壺丟掉，繼續用水壺去接雨水，等到哪天停水了，你至少還有接過的雨水可以用。這個意思就是「防患未然」啦！

as soon as
—…就…

mp3 ★ 74 一句話速記

as soon as 一…就…；一怎麼樣，就怎麼樣。

文法大重點 **as soon as** 表示「一…就…」、「剛剛…就…」的意思，句型可以是「As soon as＋句子 A, ＋句子 B」或「句子 B＋as soon as＋句子A」。

實例馬上看

As soon as he comes, he will tell you.

（＝He will tell you **as soon as** he comes.）

他一過來，就會馬上告訴你。

As soon as I arrived, the bus left.

（＝The bus left **as soon as** I arrived.）

我一到達，公車就開走了。

As soon as I came back home, it rained cats and dogs.

（＝It rained cats and dogs **as soon as** I came back home.）

我一回到家，就下大雨了。

認識 as soon as

當我們說一件事在另一件事發生後緊跟著發生，就可以用 **as soon as** 這個片語，中文常將它翻譯成「一…就…」、「剛剛…就…」的意思，換句話說，就是「A 事情發生以後，B 事情就跟著發生了」。我們直接來看例句，就很好理解囉：

As soon as I finish my homework, I will wash dishes.
我一寫完功課，就馬上去洗碗。

這個例句是說，我「一」寫完功課，「就馬上」去洗碗。寫完功課後立刻去洗碗，可見 as soon as 有強調「馬上去做」、「盡快去做」的感覺。

as soon as 不一定要放在句首喔，上面那個例句還可以這麼寫：

I will wash dishes **as soon as** I finish my homework.

as long as 與 as far as

和 as soon as 類似的還有 **as long as** 以及 **as far as**，as long as 是「只要…」的意思，as far as 則是「就…」的意思。例如：

As long as you love me, I will marry you.
只要你愛我，我就會嫁給你。
As far as I know, his English is not good.
就我所知道的，他的英文並不好。

你還記得哪裡曾出現過 as ... as 的句型嗎？是的，在形容詞的比較級裡（Lesson 50），我們曾經介紹過 as ... as 的用法唷。當想表達「A 和 B 一樣如何」時，就可以用「as＋形容詞原級＋as」來呈現！文法小診所裡就要告訴你 as long as 和 as far as 用在這裡時，會是什麼意思喔。

我可以在森林裡玩嗎？

No, you should go to Granny's house as soon as possible!

文法小診所

1. as long as 和 as far as 還有其他的意思喔！

從 as ... as 這兩個的中間字 long 和 far 可以知道，它們還跟「長，久」和「遠」有關係喔！原先的 as ... as 意思是「和…一樣」，所以：

❶ as long as 可以是「和…一樣長或久」，例如：

My legs are **as long as** yours.

我的腿和你的一樣長。

It took us **as long as** four hours to walk to the mountain.

花了我們四小時的時間，才走到山上。

❷ as far as 可以是「和…一樣遠」，例如：

We walked **as far as** the mountain.

我們走到山上那麼遠。

I can look **as far as** an eagle.

我可以看得和老鷹一樣遠。

no matter ...
不管什麼呢，快告訴我！

線上音檔

一句話速記

無論、不管 no matter，加疑問詞才完整。

不論如何，今天一定要釣到疑問詞！

是啊！快上鉤吧！

疑問詞池

文法大重點

no matter ... 是指「不管…」、「無論…」，後面可以接 what（什麼），who（誰），where（哪裡），how（如何），when（何時）等疑問詞。

實例馬上看

No matter what it is, please tell me. 不管是什麼，都請告訴我。

No matter who you are, you have to obey the law.

不管你是誰，你都必須遵守法律。

No matter where you go, she will go with you.

不管你去哪裡，她都會跟著你。

No matter how my mom stops me, I will go to see a movie tonight.

不管我母親如何阻止我，我今晚還是要去看電影。

No matter when you come, we will wait for you.

不管你們何時到，我們都會等你們。

張爺爺因為年紀大了，只要一點點吵雜的聲音，他就受不了。

很巧地，他家左右鄰居各養了一條狗，整天叫個不停。於是，張爺爺氣得去找他們理論，他說：「我『不管』（**no matter**）你們要搬去『哪裡』（**where**），也『不管』（**no matter**）你們要請『誰』（**who**）幫忙搬，更『不管』（**no matter**）你們要『如何』（**how**）搬，拜託請現在馬上給我搬走～。」

他的左右鄰居一言不答地點頭答應了，於是，張爺爺很高興地回家睡覺。但是，到了隔天，他還是聽到小狗的叫聲，怎麼會這樣呢？

哈哈哈，那是因為…左邊的鄰居搬到右邊的鄰居家，而右邊的鄰居搬到了左邊的鄰居家了呀！所以，「不管」（**no matter**）張爺爺用「什麼」（**what**）辦法，他還是會聽到小狗的叫聲啊！

認識 no matter ... 句型

在英文裡，「不管…」就是用 **no matter** 來表達，但是，不管什麼呢？這時，我們會在 no matter 後面，加上各種「疑問詞」，包括 what, who, where, how, when 等，所以就會變成：

no matter what ... （不管什麼）＝**whatever** （無論什麼）
no matter who ... （不管是誰）＝**whoever** （無論是誰）
no matter where ...（不管在哪）＝**wherever** （無論在哪）
no matter how ... （不管如何）＝**however** （無論如何）
no matter when ... （不管何時）＝**whenever** （無論何時）

所以，只要在 no matter 後面加上疑問詞，然後說明「是什麼事情」，最後給出「原因或結論」，就可以完成一個句子了。這種句子的基本句型就是「No matter＋疑問詞＋S＋V,＋主要句子」，例如：

No matter where you go, I will follow you.

不管你去哪裡，我都會跟隨你。

you go 是事情，I will follow you 是結論，你去「哪裡」我就跟到「哪裡」，在這兩句前面加上 no matter where，就是完整句子了。有些複雜嗎？自己練習多造幾個句子，你一定能得心應手的，比方說：

No matter what you say, I won't believe you.

（＝I won't believe you **no matter what** you say.）

不管你說什麼，我都不會相信你。

No matter when you leave, please call me.

（＝Please call me **no matter when** you leave.）

不管你何時離開，請打電話給我。

文法小診所

1. no matter 裡的 matter 原本是什麼意思呀？

no matter 裡的 matter 不但是名詞，也可以當動詞用喔：

❶ 當名詞的 matter

　　當名詞的 matter 我們解釋成「事情，問題」。而且在 matter 前面習慣會戴上「皇冠 the」，也就是加上定冠詞 the，變成 the matter。例如：

What's **the matter** with your leg?　你的腳是怎麼回事呀？
Is something **the matter**?　發生了什麼事嗎？

❷ 當動詞的 matter

　　當動詞的 matter 我們解釋成「有關係」。例如：

It doesn't **matter**.　Don't worry.　沒關係，別擔心。
The look doesn't **matter**.　外表沒關係（外表不重要）。

一句話速記口訣歌詞

Lesson 1

「我」用 am，I am John.
「你」用 are，You are Ron.
John is tall. Ron is short.
It is a song. It is a song.

Lesson 2

跟屁蟲，跟屁蟲，動詞愛加跟屁蟲
talk, talks；read, reads
哪些動詞加 es
She sits on the chair drinking XO.
尾巴要是 sh, s
ch, x, o 加 es

Lesson 3

現在簡單式，動詞要加 s
He likes ice cream. She loves chocolate.
他她動詞加尾巴，你我動詞不變化
You like cars. I love dolls.

Lesson 4

動詞加上 ing，e 不發音要去 e
eat, eating；write, writing
重複字尾 ing
sit, sitting；run, running
ie 換 ying
lie, lying；tie, tying

Lesson 5

「正在」要加 ing，be 動詞別忘記
I walk, I am walking.
You walk, you are walking.
He walks, he is walking.
She walks, she is walking.

「我」用 was，I was messy.
「你」用 were，You were chubby.
I was messy, now I am tidy.
You were chubby, now you are pretty.

過去動詞跟 ed
talk, talked；watch, watched
「母音 + y」加 ed
play, played；stay, stayed
「子音 + y」ied
study, studied；copy, copied
重複字尾加 ed
plan, planned；stop, stopped

過去簡單式，以前做的事
I went to school. I played basketball.
過去簡單式，以前做的事
I did homework. I took a shower.

動詞完成大變身，唸唸咒語轉變碰
go went gone；do did done
過去完成沒不同
get got got；find found found
只有過去不一樣
come came come；become became become
全部都是一個樣
hit hit hit；cut cut cut

現在完成式，have / has + p.p.
He has done ... He has done ...
做了什麼？做了什麼？
He has done a wonderful job.
She has gone ... She has gone ...
去了哪裡？去了哪裡？
She has gone to a high school prom.

未來式，要用 will，原形動詞擺後頭
will go, will go；will row, will row
I will go down the river.
will shine, will shine；will smile, will smile
The sun will shine tomorrow.
I will see your smile.

可以嗎？可以嗎？
Can I? Can I?
Can I have ice cream?
Can I go to sleep?
我可以，我可以
I can have ice cream.
I can go to sleep.

應該不應該？should 說了算
should 一現身，動詞乖乖站
I should go to bed.
I should take a rest.
You should do homework.
You should go to work.
Why should I? Why should I? Why should I?

見到 must 大將軍
動作要快，口令要聽
You must go out. You must see.
You must stay home. You must study.
must 就等於 have to
You have to go out. You have to see.
You have to stay home. You have to study.

問問題，問問題
Are you a good boy? Is she pretty?
I am a good boy. She is pretty.
Do you speak English? Will you be here?
I can speak English. I'll be in touch.

not 跟在 be 動詞後，跑在一般動詞前
I am not a lazybones. You are not SpongeBob.
我不是個懶惰蟲。你不是海綿寶寶。
He is not a movie star. She is not Cinderella.
他不是電影明星。她也不是灰姑娘。

Lesson 16

有一個，there is；有好多，there are
There is a cat. There is a car.
There is a cat in the car.
There are people. There are plazas.
There are people in the plazas.

Lesson 17

Let's ... Let's go go go，原形動詞在後頭
你說動作我來做，你說站住我不動
Let's move to and fro.
Let's hit the dance floor!
原形動詞在後頭，你說動作我來做
Let's lay back and chill.

Lesson 18

不要頭重又腳輕，就靠 it 當替身
It's good. It's nice.
It's good to exercise.
It's good. It's nice.
It's nice to eat pies.
不要頭重又腳輕，就靠 it 當替身

Lesson 19

If 加上過去式，假設並不是事實
If I were a bird, I could fly.
If 加上過去式，假設並不是事實
If I were a kite, I could fly.
If 加上過去式，假設並不是事實
I could spread my wings so wide
If I were a butterfly.

Lesson 20

蛋糕蛋糕被誰吃，be 動詞加過去分詞
Spot the dog eats the cake.
The cake is eaten by the dog.
蛋糕蛋糕被誰吃，be 動詞加過去分詞
Mini the cat ate the cake.
The cake was eaten by the cat.

使役動詞 make, have, let，原形動詞跟後面
Soap makes him slip.
Pepper makes her sneeze.
Teacher has you stand up.
Mommy has you get up.
Let me sleep oh mom
Let me have some fun!

hear, see and feel
hear, see and feel
感官動詞接原形
I hear you sing. I see you grin.
動詞加 -ing 也可以，I hear you singing.
動詞加 -ing 也可以，I see you grinning.

花錢、花時間都用 spend
I spend three hundred on the bricks.
You spend three hours with your kids.
花錢也可以用 cost
It costs me three hundred to buy the bricks.
花錢也可以用 cost

我借你，I lend you.
你借我，You lend me.
I lend you my Pooh.
You lend me your Mickey.
You borrow the Pooh from me.
I borrow the Mickey from you.

名詞喜歡戴帽子，a, an 兩頂要戴直
An ant eats its own umbrella.
An ant eats its own umbrella.
a, e, i, o, u 用 an
其餘用 a 就對啦！

Lesson
26

Lesson
27

長尾巴，長尾巴，名詞也會長尾巴
one hand, two hands；
one watch, two watches
one lemon, two lemons；
one glass, two glasses
哪些名詞加 es，哪些名詞加 es
She sits on the chair drinking XO.
She sits on the chair drinking XO.
名詞結尾 sh, s, ch, x, o 加 es

隨便哪個用 a, an，就是那個要用 the
I want a toy.，我想買玩具
那個玩具在哪裡？
Where is the toy?
I have a puppy.，我有一隻狗
那個小狗在哪裡？
Where is the puppy?

Lesson
28

Lesson
29

大頭大頭，大寫開頭
人名地名，都有大頭
Ted, Lisa, Sammy and Joe
New York, London, Paris and Tokyo
Monday, Wednesday, Friday and Sunday
Halloween, Christmas, Happy Mother's Day

買氣球，my 氣球，我買了我的氣球。
有了糖果，your 糖果，你有了你的糖果。
好餓喔，我們走，our 肚子好餓喔。
累了喲，他們游，their 身體累了喲。
嘻嘻嘻，吃螺絲，his 演講吃螺絲。
呵呵呵，合不攏，her 嘴笑得合不攏。
一直打嗝，its 哥哥，牠的哥哥一直打嗝。

Lesson
30

Lesson
31

買賣買賣 my 變 mine
所有格的 my 變 mine
-r 結尾的加 -s
your, yours；our, ours
their, theirs；her, hers
-s 結尾的沒有事
his, his；its, its

I 變 me，我最甜蜜
you 還是 you，你最忠心
it 還是 it，牠最討喜
he 變 him，他閉嘴
she 變 her，她喝水
we 變 us，我們餓死
they 變 them，他們累死

Lesson
32

Lesson
33

反身代名詞，說自己，所有格加上 self
my, myself，我自己。you, yourself，你自己
our, ourselves，我們自己
you, yourselves，你們自己
受格也加上 self
him, himself，他自己。her, herself，她自己
it, itself，它自己。them, themselves，他們自己
記得多數 ves，記得多數 ves

這裡的這個要用 this
那裡的那個要用 that
this pencil, this pen
This is my correction tape.
that chair, that desk
That is Teacher Wang's class.

一個一個是 each
Each toy has a price.
兩個一起是 both
Both toys I want to buy.
一個一個是 each
Each coin has a front.
兩個一起是 both
Both coins are my own.

每個每個是 every
Every dog has its day.
all 就全部在一起
All the people don't depress.
每個每個是 every
Every rose has its thorn.
all 就全部在一起
All the roses for my love.

some 先生愛說要
any 小姐偏不要
只喜歡跟著問號
Some are cookies. Some are bread.
Do you have any chocolate?

一個，另一個，還有一個
一堆，兩堆，分三堆
There are three dolls on my bed.
One is Winnie, another is Mickey,
and the other is Superman.
There are three races in my class.
Some are Americans, others are Asians,
the others are Europeans.

Lesson
38

Lesson
39

many, much 很多很多
可數、不可數別亂用
可數名詞用 many
many monkeys, many sheep
many shoes, many feet
不可數名詞用 much
much water, much air
much money, much hair

基數一個一個數，一二三四五六七
序數第幾講清楚，第一，第二，第三名
one, two, three, four, five, six, seven
first, second, third, fourth, fifth, sixth, seventh
one 是一，不是冠軍
first 才是第一名

Lesson
40

Lesson
41

什麼，什麼，什麼；what, what, what
這是什麼？What is this?
這是起司，This is cheese.
那是什麼？What is that?
那是貓咪，That's a cat.

誰，誰，誰；who, who, who
你是誰？Who are you?
我是湯姆，I am Tom, your handsome nephew.
我是你的好姪子，你是我的好叔叔
問誰、關係就用 who
Who are you? 啊 Who are you? 啊

Lesson
42

Lesson
43

誰的，誰的；whose, whose
這是誰的？Whose is this?
這是我的，This is mine.
那是誰的？Whose is that?
那是 Sean 的，That is Sean's.

哪裡，哪裡；where, where
你在哪裡？Where are you?
我在動物園，I'm in the zoo.
Jude 在哪裡？Where is Jude?
他在游泳池，He is in the pool.

Lesson
44

Lesson
45

如何，如何；how, how
你好嗎？How are you?
還不錯，I am cool.
天氣好嗎？How is it?
有些微風，It's breezy.
食物好嗎？How's the food?
有夠難吃，It's no good.

何時，何時；when, when, when
你何時走？When will you go?
明天就走，By tomorrow.
何時回來呢？When will you be back?
下星期二，下星期二，Next Tuesday.

Lesson
46

為何，為何；why, why, why
為何說謊呢？Why do you lie?
為何要哭呢？Why do you cry?
為何遲到呢？Why are you late?
為何尿床呢？Why did you wet your bed?

比較比較加 -er
cold, colder；weak, weaker
字尾有 -e 就加 -r
nice, nicer；wise, wiser
「子音 ＋ -y」-ier
heavy, heavier；pretty, prettier
重複字尾加 -er
hot, hotter；big, bigger

比較比較有 -er，再加 than 就有對象
I am much shorter than Steve.
Steve is much shorter than Jeff.
Jeff is shorter than Randolph.
Who is taller than a giraffe?
比較比較有 -er，再加 than 就有對象

as ... as 都一樣，形容詞不要變化
You are as tall as Michael.
妳和麥可一樣高
A boy is as good as a girl.
男孩女孩一樣好
as ... as 都一樣，形容詞不要變化

Lesson 51

最高級加 -est，the 千萬不能忘記
cold, the coldest；weak, the weakest
字尾有 -e 加 -st
nice, the nicest；wise, the wisest
「子音 + -y」-iest
heavy, the heaviest；pretty, the prettiest
重複字尾加 -est
hot, the hottest；big, the biggest

Lesson 52

the 加 -est，the 加 -est，誰都無法跟它比
I am the best.
You are the kindest.
He is the cutest.
She is the smartest.

Lesson 53

形容詞尾巴加 -ly，副詞小跟班叫 -ly
deep, deeply；quiet, quietly
有 -y 換成 -ily
happy, happily；easy, easily

Lesson 54

時間副詞看時間，昨天、今天和明天，
英文動詞會改變
過去式跟 yesterday
I went to school yesterday.
現在式跟著 today，I go to school today.
未來式跟 tomorrow
I will go to school tomorrow.
昨天、今天和明天，時間副詞隨你選

Lesson 55

程度副詞看這裡
夠了就用 enough，還差一點 almost
你吃夠了沒？Have you eaten enough?
我快吃飽了，I am almost full.

頻率副詞算頻率，有多常啊有幾次
總是、通常和有時，always, usually, sometimes
I always play basketball.，天天都在打籃球
I usually play basketball.，幾天都會打籃球
I sometimes play basketball.，有些時候打籃球
I never play basketball.，從來沒有投籃過

Lesson 56

Lesson 57

地方副詞在哪裡
here, here 在這裡，there 那裡加個 t
Stop here and go to sleep.，今晚就唸到這裡
Go there and have some fun.，去那裡放鬆自己

「也」用 too，「也不」用 either
You are a student and I am too.
You like chocolate and I like it too.
You are not a student and I am not either.
文法大重點
一句話速記口訣歌詞
實例馬上看
Lesson
You are

Lesson 58

Lesson 59

「也」有 also 還有 too，too 一定要放最後面
You are a teacher and I am too.
I'm also a teacher at school.
You like ice cream and I like it too.
I also have the ice cream scoop.

too 是「也」，放句尾
I like it too. I give it too.
I give money to the poor.
too 是「太」，放句中
You're too small. You're too young.
You're too young to miss the chance.

Lesson 60

Lesson 61

A mouse is in the hole. Squeak! Squeak! Squeak!
一隻老鼠在洞裡，吱～吱～吱～！
A dog is at the door. Bark! Bark! Bark!
一隻小狗在門口，汪～汪～汪～！
A cat is on the wall. Meow! Meow! Meow!
一隻貓咪在牆上，喵～喵～喵～！

到哪去哪，to 加地方
I go to work and you go to school.
揹上背包，不用機票
I fly to Rome and you fly to Moscow.
還可以當咕咕鳥
It's ten to seven.，差十分，就七點
It's a quarter to four.，差十五分就四點了

Lesson 62

Lesson 63

over, over，越過，越過
over the mountain, over the rainbow
The airplane flies over the rainbow.
through, through，穿過，穿過
through the tunnel, through the window
The bird flies through the window.

什麼之上用 above，什麼之下用 under
above the ground and under the sky
我們生活的所在
above the mouth and under the eyes
就是鼻子的所在

Lesson 64

Lesson 65

behind, behind 在後邊
There's a mountain behind my cabin.
between, between 站中間
There's a small path between two cabins.
beyond, beyond 最前面
There's a river beyond my cabin.

inside, outside 裡和外，旁邊是 beside
inside the house, inside the room
I went inside my bedroom.
outside the room, outside the house
I went outside the house.
beside the river, beside the bank
Geese rest on the riverbank.

Lesson 66

一段時間跟著 for
for two hours, for two weeks
for two years, for so long
since 從何時之後
since last morning, since last week
since last year, since we're born
since 從何時之後

Lesson 67

before 之前，after 之後
during, during 在其中
before dinner，晚餐前
after lunch，午餐後
during the meal, during the meal
用餐時，用餐時，用餐時

Lesson 68

by 和 with，大不同
by 啊 by，「騎」與「坐」
I go to school by bike.
I go to school by bus.
with, with，「和」與「用」
I go to school with Mike.
I cut the paper with scissors.

Lesson 69

「和」是 and，「或」是 or
你和我，you and me
咖啡或茶，coffee or tea
貓和狗，cats and dogs

Lesson 70

Lesson 71

either ... or ...，選一個
You can play either swing or seesaw.
neither ... nor ...，都沒了
You can eat neither bread nor cake.

Lesson 72

因為所以，不在一起
She is hungry because she didn't have lunch.
She didn't have lunch, so she is hungry.
He is absent because he is sick.
He is sick, so he is absent.

Lesson 73

雖然但是，不能同時
Although he was sick, he went to school.
He was sick, but he went to school.
Although he is rich, he helps the poor.
He is rich, but he helps the poor.

Lesson 74

as soon as，一 … 就 …
一怎麼樣，就怎麼樣
As soon as I finish my homework, I will wash
dishes.
我一寫完作業，就會去洗碗
As soon as I came back home, it rained cats
and dogs.
我一回到家裡，外面就下雨

Lesson 75

無論、不管，no matter
加疑問詞才完整
no matter what，不管什麼
no matter who，不管是誰
no matter where，不管哪裡
no matter how，不管如何
no matter when，不管何時

不規則動詞三態表

在 Lesson 7「以前，動詞都跟 -ed 在一起」裡，我們學到了一般動詞如何由現在式變身為過去式的規則變化（也就是加上 -ed），以及「不規則變化」。在 Lesson 9「動詞的完成大變身」裡，我們又看到了動詞由現在式、過去式變身到完成式的規則變化（還是加上 -ed）以及「不規則變化」。

以下是動詞現在式、過去式及完成式（也就是動詞的「三態」）不規則變化的幾種情形，我們就利用 Lesson 9 的咒語「轉」、「變」、「碰」來區分吧：

1.轉、轉、轉

現在式	過去式	完成式
bet（打賭）	bet	bet
cost（花費）	cost	cost
cut（切，剪）	cut	cut
hit（打，擊）	hit	hit
hurt（受傷）	hurt	hurt
let（讓）	let	let
put（放）	put	put
read（讀）【i】	read【ε】	read【ε】
shut（關閉）	shut	shut
spread（散佈）	spread	spread

2.轉、變、變

現在式	過去式	完成式
lay（放置）	laid	laid
pay（付款）	paid	paid
say（說）	said	said
have（擁有）	had	had
make（製作，促使）	made	made

現在式	過去式	完成式
sell（賣）	sold	sold
tell（告訴）	told	told

現在式	過去式	完成式
bring（帶來）	brought	brought
buy（買）	bought	bought
fight（打鬥）	fought	fought
think（想）	thought	thought

現在式	過去式	完成式
catch（接住）	caught	caught
teach（教導）	taught	taught

現在式	過去式	完成式
build（建造）	built	built
lend（借）	lent	lent
send（寄送）	sent	sent
spend（花費）	spent	spent

現在式	過去式	完成式
feel（感覺）	felt	felt
keep（保持）	kept	kept
kneel（跪下）	knelt	knelt
meet（會面，遇見）	met	met
sleep（睡覺）	slept	slept
sweep（掃）	swept	swept
leave（離開）	left	left
mean（意指）	meant	meant
lose（輸）	lost	lost

現在式	過去式	完成式
smell（聞，嗅）	smelt	smelt
spell（拼字）	spelt	spelt

343

現在式	過去式	完成式
bleed（流血）	bled	bled
feed（餵養）	fed	fed
lead（領導）	led	led

現在式	過去式	完成式
get（得到）	got	got
shoot（射擊）	shot	shot
shine（閃耀，照耀）	shone	shone
win（贏）	won	won

現在式	過去式	完成式
dig（挖掘）	dug	dug
stick（黏貼）	stuck	stuck
strike（打擊）	struck	struck

現在式	過去式	完成式
hang（懸掛）	hung	hung
sting（刺，叮咬）	stung	stung
swing（搖擺）	swung	swung

現在式	過去式	完成式
bind（綑綁）	bound	bound
find（發現）	found	found
grind（研磨）	ground	ground

現在式	過去式	完成式
stand（站立）	stood	stood
understand（明白，瞭解）	understood	understood

現在式	過去式	完成式
hear（聽到）	heard	heard
hold（抓住）	held	held
sit（坐下）	sat	sat

3.轉、變、轉

現在式	過去式	完成式
come（來）	came	come
become（變成，成為）	became	become
run（跑）	ran	run

4.轉、變、碰

現在式	過去式	完成式
break（打破）	broke	broken
choose（選擇）	chose	chosen
freeze（凍結）	froze	frozen
speak（說）	spoke	spoken
steal（偷）	stole	stolen
wake（醒來，叫醒）	woke	woken

現在式	過去式	完成式
bite（咬）	bit	bitten
hide（躲藏）	hid	hidden

現在式	過去式	完成式
drive（駕駛）	drove	driven
ride（騎乘）	rode	ridden
rise（升起）	rose	risen
write（寫）	wrote	written

現在式	過去式	完成式
shake（搖動）	shook	shaken
take（拿）	took	taken

現在式	過去式	完成式
begin（開始）	began	begun
ring（敲響）	rang	rung
sing（唱歌）	sang	sung
sink（沉沒）	sank	sunk
swim（游泳）	swam	swum

現在式	過去式	完成式
blow（吹）	blew	blown
draw（畫，吸引）	drew	drown
fly（飛）	flew	flown
grow（生長，種植）	grew	grown
know（知道）	knew	known
throw（丟）	threw	thrown

現在式	過去式	完成式
tear（撕）	tore	torn
wear（穿）	wore	worn

現在式	過去式	完成式
go（去，前往）	went	gone
do（做）	did	done

現在式	過去式	完成式
give（給）	gave	given
forgive（原諒）	forgave	forgiven
forget（忘記）	forgot	forgotten
eat（吃）	ate	eaten
fall（掉落）	fell	fallen
lie（躺下）	lay	lain
* lie 指「說謊」時，為規則變化（lie－lied－lied）。		
see（看見）	saw	seen

縮寫表

英文的 be 動詞、助動詞和主詞與 not 是很要好的朋友，時常黏在一起，彼此不肯分開，所以有了縮寫的形式。下面是縮寫情況的整理，一起來瞧一瞧吧：

be 動詞 / 助動詞和主格代名詞的縮寫

be 動詞 / 助動詞	縮寫形式	I	you	he	she	it	we	they
am	'm	I'm						
are	're		you're				we're	they're
is	's			he's	she's	it's		
have	've	I've	you've				we've	they've
has	's			he's	she's	it's		
will	'll	I'll	you'll	he'll	she'll		we'll	they'll
would	'd	I'd	you'd	he'd	she'd		we'd	they'd

be 動詞 / 助動詞和 not 的縮寫

am are is was were	+ not	ain't（口語） aren't isn't wasn't weren't		have has had	+ not	haven't hasn't hadn't
do does did	+ not	don't doesn't didn't		will would can could should must need	+ not	won't wouldn't can't couldn't shouldn't mustn't needn't

偷偷告訴你

's 可以有好多個縮寫意義，除了上面看到的 is 和 has 之外，還有 us（let's = let us）以及所有格的意思。看看下面的例句，你就會發現 's 的不同：

Sandy's a lovely girl. 珊蒂是一個可愛的女孩。（Sandy's = Sandy is）

Sandy's gone to Taipei. 珊蒂已經去了台北。（Sandy's = Sandy has，表完成式）

Sandy's room is tidy. 珊蒂的房間很乾淨。（Sandy's 表示所有格）

10 倍速！
把學過的英文找回來，單字真輕鬆！
首創蛛網式分類記憶，快速重拾最常用的 5500 單
（附MP3）
作者／金相頭　定價／399元

沒時間多記新單字，還不如把舊的找回來！！
就算年紀大、記性差也一定辦得到！
以國中學過的單字為起點，搭配蛛網式單字擴張術
不但立刻重拾您的英文單字力，單字量也同時快速倍增！

把學過的英文找回來，會話真輕鬆！
直接套用、自信開口、文法不會再用錯，
10年英文不白學（附MP3）
作者／李玄浩　定價／380元

自信的開口說英文，沒有你想的這麼難！
只要使用本書「句子結構套用替換」的方法！
不但讓你用10倍速把學過的英文找回來
連話題都幫你想好了，
更能讓你用英文好好聊！

我的第一本自然發音記單字
【QR碼行動學習版】
教育部2000單字開口一唸就記住（附發音口訣MP3）
作者／Dorina（楊淑如），陳啟欣　定價／399元

針對非英語系國家設計，最棒的單字記憶法！
「記憶口訣」×「Rap音韻」×「情境圖像」×「故事聯想」
看圖、聽Rap、不用背的66堂發音課，2000單字開口一唸就記住！
在看書的瞬間將單字的「發音、拼字、字義」一次掌握！

我的第一本親子英文單字書：
打造全英文單字學習環境，
看圖、秒懂、不死背，學習效果快又好！（附單字學習 MP3）
作者／李宗玥　定價／399元

本書設計從為孩子打下進入國中前一定要有的英語根基出發，
「情境式全圖解」提升學習興趣、看圖就懂，自然就記住！
「主題式分類」串聯日常生活主題，創造英文學習環境！
收錄教育部頒布常用 2000 字、44 個主題，內容豐富又多元！
從小奠定扎實英文基礎，學校課業、各式英文檢定、升學入學考試都不怕！

國際學村 第二外語大集合！

 外國話沒有這麼難！

作者 / 朴鎮亨
定價 / 350 元 · 附 MP3

作者 / 姜在玉
定價 / 399 元 · 附 MP3

作者 / 朴鎮權
定價 / 499 元 · 附 MP3

作者 / 李慧鏡
定價 / 399 元 · 附 MP3

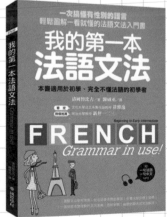

作者 / 清岡智比古
定價 / 260 元 · 附 MP3

作者 / 彭彥哲
定價 / 399 元 · 附 MP3

你想學的語言，這裡全都找得到！

縱橫亞洲 亞洲最潮語言，不學就落伍了！

作者／吳承恩
定價／399 元・附 MP3

作者／吳承恩
定價／550 元・附 MP3

作者／奧村裕次、林旦妃
定價／350・附 MP3

作者／Lee joo, 魏愛妮，
　　　yeonYulius William
定價／399・附 MP3

作者／白知妗
定價／399・附 MP3

作者／阮氏秋姮、阮氏美香
定價／399・附 MP3

台灣廣廈 國際出版集團
Taiwan Mansion International Group

國家圖書館出版品預行編目（CIP）資料

學英文文法不用背！/ 楊淑如著. -- 初版.
-- 新北市：國際學村，2020.02
　面；　　公分
ISBN 978-986-454-118-8
1. 英語學習 2. 文法

805.16　　　　　　　　108023060

 國際學村

學英文文法不用背！

作　　　者／楊淑如　　　　　　編輯中心編輯長／伍俊宏・編輯／許加慶
繪　　　者／夢想國工作室　　　封面設計／何偉凱・內頁排版／菩薩蠻數位文化有限公司
　　　　　　　　　　　　　　　製版・印刷・裝訂／皇甫・秉成

行企研發中心總監／陳冠蒨　　　整合行銷組／陳宜鈴
媒體公關組／陳柔彣　　　　　　綜合業務組／何欣穎

發　行　人／江媛珍
法律顧問／第一國際法律事務所 余淑杏律師・北辰著作權事務所 蕭雄淋律師
出　　　版／國際學村
發　　　行／台灣廣廈有聲圖書有限公司
　　　　　　地址：新北市235中和區中山路二段359巷7號2樓
　　　　　　電話：（886）2-2225-5777・傳真：（886）2-2225-8052

代理印務・全球總經銷／知遠文化事業有限公司
　　　　　　地址：新北市222深坑區北深路三段155巷25號5樓
　　　　　　電話：（886）2-2664-8800・傳真：（886）2-2664-8801
　　　　　　網址：www.booknews.com.tw（博訊書網）
郵政劃撥／劃撥帳號：18836722
　　　　　　劃撥戶名：知遠文化事業有限公司（※單次購書金額未達500元，請另付60元郵資。）

■出版日期：2020年02月
ISBN：978-986-454-118-8
　　　　　　2023年6月初版3刷　　版權所有，未經同意不得重製、轉載、翻印。